멸종위기 동물이
우리에게 보낸 편지

마지막
소원

초판 1쇄 인쇄_ 2025년 01월 10일 **| 초판 1쇄 발행_** 2025년 01월 15일
지은이_ 대구강림초등학교 6학년 2반 '아롱별'
본문 그림_ '아롱별' 학생들 **| 엮은이_** 이선우
펴낸이_ 진성옥 외 1인 **| 펴낸곳_** 꿈과희망 **| 디자인 • 편집_** 박경주
주소_ 서울시 용산구 한강대로 76길 11−12 5층 501호
전화_ 02)2681−2832 **| 팩스_** 02)943−0935 **| 출판등록_** 제2016−000036호
E−mail_ jinsungok@empas.com
ISBN_ 979−11−6186−160−9 73810
※ 책 값은 뒤표지에 있습니다.
※ 새론북스는 도서출판 꿈과희망의 계열사입니다.
ⓒPrinted in Korea. | ※ 잘못된 책은 바꾸어 드립니다.

멸종위기 동물이
우리에게 보낸 편지

마지막
소원

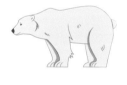

강림초 6학년 2반 '아롱별'_지음
이선우_엮음

꿈과희망

아이들과 함께 인문학 여행을 떠나며

올해 초, 학생 독서 동아리 운영을 계획하며 아이들과 이루고 싶은 목표 하나를 정했습니다. 우리 반 아이들이 모두 참여하여 책 한 권을 써 보자고요.

그렇게 아이들과 함께 쓴 이 책의 주제는 '전 세계에서 고통받고 있는 멸종위기 동물을 위한 이야기'입니다. 사람에 의해 멸종되어 가고 있는 동물들이 참 많습니다. 사람은 환경오염, 생태계 교란을 일으키며 수많은 동물의 멸종을 앞당긴 장본인이니까요. 우리는 이러한 문제에 관심을 가지고 해결하기 위한 실천적 방법을 모색해야 합니다. 넋을 놓고 있다가 동물의 문제가 사람의 문제로 번질 수도 있기 때문이지요. 그래서 학생들과 함께 멸종위기 동물의 입장에 서서 그들의 아픔에 공감하며 사람들에게 바라는 메시지를 전하고 싶었습니다.

그렇다면, 우리는 어떻게 책 한 편을 완성할 수 있었을까요? 글을 쓰기 전에는 주제와 관련된 배경지식이 선행되어야 합니다. 제가 좋아하는 「긴긴밤」 도서를 활용하여 아이들에게 자연스럽게 멸종위기 동물을 알려주었습니다. 이후 우리는 멸종위기 동물 가운데에서 관심이 가는 것을 선정하여 조사해 보고 그 결과를 공유해 보았습니다. 그 과정에서 자연스레 아이들이 멸종위기 동물의 전문가가 되어가고 있었습니다. 조사를 하다 보니 멸종위기 동물의 원인은 대부분 사람의 욕심으로 수렴된다는 것도 자연스럽게 알게 된 것이죠. 실험동물을 주제로 한 글 읽기, 동물과 생태계를 주제로 논설문 쓰기, 동물원 찬반 토론 등 다양한 활동을 통해 멸종위기 동물의 아픔을 더욱 깊이 들여다보았습니다.

　글쓰기를 싫어하는 아이들도 조금이나마 쉽게 글을 쓸 수 있도록 원고지 작성법을 알려주며 함께 연습하기도 했습니다. 작가로서의 정체성을 갖고 책을 쓰면 좋을 것 같아 작가로서의 나에 대해 고민하는 시간도 가졌습니다. 본격적으로 멸종위기 동물의 입장이 되어 책을 쓰기 시작한 우리 반, 생각보다 진지하게 참여합니다. 모둠별로 글감을 수집하고, 문장 하나도 공들여 쓰는 모습에 감탄이 절로 나옵니다. 어떤 모둠은 글을 쓰라고 했더니 1시간 동안 토의를 하고 있습니다. 가까이 들여다보니 서로 의견을 열띠게 펼친다고 정신이 없었던 것입니다. 각자가 뻗은 의견의 화살을 하나로 모으기 위해 치열하게 토의하고 고민합니다. 다른 모둠들처럼 책을 써야 하니 빠른 의사결정이 필요하다고 닦달은 했으나 마음속으로는 뿌듯함이 더 크게 앞섰습니다. 도착지를 쭉 뻗은 길로만 갈 수는 없는 거라고. 좀 돌아가도 되니까 충분히 생각을 나누고 고민해 보는 것도 좋겠다고.

공동으로 책 쓰기 작업을 하다 보면 놀라운 기적을 맛보기도 합니다. 글쓰기에 전혀 관심 없던 아이가 글쓰기에 매력을 느끼며 자발적으로 글쓰기 활동에 참여하는 겁니다. 글쓰기를 머뭇거리는 친구를 위해 자진해서 옆에 붙어 도와주는 다른 친구도 나타납니다. 이것이 공동 글 작업의 묘미입니다. 우리 반 아이들이 함께 글을 쓰며 성장하고 있음을 느꼈습니다. 10명 정도가 방과 후에 남아 마지막 책 쓰기 점검과 미완성 글을 다듬어 주었습니다. 우리 반 책이 된다는 생각 하나로 자발적으로 모인 아이들입니다. 그 덕분에 글쓰기에 좌절을 겪은 친구도 다른 친구가 부린 마법으로 꽤 그럴싸한 글이 완성되니 머쓱함과 함께 고마움을 느낍니다. 함께한다는 것이 참 소중하다고 이럴 때 여실히 깨닫습니다.

책 원고가 완성되고 아이들에게 제작된 책을 나눠줬습니다. 이제는 아침 활동 시간에 우리가 쓴 책을 읽으며 독서록을 제출합니다. 작가에서 다시 독자로 전향한 것입니다. 아이들은 우리가 쓴 책을 읽으며 무슨 생각을 하고 있을까요? 각자 마음에 반짝이는 별 하나를 찾았을까요? 이 책을 읽는 독자 여러분들도 마음에 반짝이는 별 하나를 찾으시길 바랍니다.

우리 반은 글을 잘 쓰는 아이들만 모인 어벤져스 팀이 아닙니다. 그럼에도 불구하고 자신이 가진 역량을 모두 발휘하여 일 년 동안 누구보다 열정적으로 동아리 활동에 참여해 준 강림초 6학년 2반 아이들에게 큰 박수를 보냅니다. 또한 이 책이 나올 수 있도록 지원해 주신 대구강림초등학교 최성애 교장선생님, 이승훈 교감선생님, 그리고 김대조 선생님께 감사의 마음을 전합니다.

저는 앞으로도 제가 만날 학생들과 독서 여행을 멈추지 않고 싶습니다.

2024년 한 해를 마무리하며.

강림초 교사 이선우

차례

웃는 돌고래,
이라와디

안녕? 난 이라와디 돌고래라고 해.

강거두고래라고도 불리지. 뭐? 내 이름을 처음 들어본다고? 그럴 수도 있겠다. 나는 잘 알려지지 않은 멸종위기 동물이거든. 그래서 개체수가 얼마 남지 않았어. 지금은 극소수만 살아남아 있지.

우리는 가끔 어부들과 합동 고기잡이를 해! 되게 신기한 광경이지? 보통 동물은 사람들과 큰 접점이 없는데 말이지. 우리는 세상에 몇 없는 동물이기도 하고 밝고 친화력이 좋은 편이라 우리를 보면 우리가 서식하고 있는 지역의 사람들이 날 반갑게 맞이해 주지.

또 우리의 몸길이는 2m에서 2.2m, 몸무게는 90~150kg이나 된단다.

우리의 번식 시기는 5월쯤으로 출산은 7월에 해. 임신 기간이 약 2개월인 셈이지. 그리고 수명은 약 30년 정도란다.

가끔 사람들은 우리를 벨루가 돌고래라고 알던데 우리와 벨루가 돌고래는 확연히 다른 동물이야. 벨루가는 외뿔고래과에 속하지만 나는 강거두고래과에 속한 동물이거든. 나와 벨루가는 생김새는 비슷하게 생겼지만 생김새를 제외한 서식지와 습성 모두 다르지.

그렇다면 우리가 왜 멸종위기 동물이 되었을까? 그건 경우에 따라 다르겠지만 대부분 서식지 파괴, 번식, 어부들의 어망에 걸려 목숨을 잃어 버리며 멸종이 돼.

혹시 돌고래의 서식지를 어디로 알고 있어? 보통 바다라고 생각할 것 같아. 하지만 '이라와디 돌고래'라는 이름과 다르게 소금기가 없는 민물에서 서식하고 있어. 그 예로는 동남아시아의 해안가, 메콩강, 인도네시아의 보르네오섬에 있는 마하캄강 등으로 분포 지역이 넓은 편이지. 하지만 메콩강 주변 지역에서 서식하고 있던 나의 친구들이 모두 세상을 떠나버려서 이제는 메콩강에서 우리를 볼 수 없게 되었단다.

우리의 멸종위기 이유 중 서식지 파괴는 다른 동물들의 멸종위기 이유에서도 잘 볼 수 있어. 서식지는 생명체가 살아가는 데 아주 중요한 만큼 서식지 파괴는 동물들에게 굉장히 심각한 문제야. 몇몇 사람들이 개발을 한다며 무자비하게 우리의 서식지인 민물을 파괴해서 우리가 살아나가기 어려운 처지가 되었어.

하지만 아예 해결 방법이 없는 것은 아니야. 희망을 가지고 노력한다면 얼마든지 우리를 살릴 수 있거든.

내가 지금부터 해결 방법을 설명해 줄게. 앞서 어부들의 어망에 걸려 사망하는 경우도 있다고 했잖아. 고의가 아닌 실수로 우리를 잡는 어부들도 있지만 철저히 계획해 우리를 잡으려는 어부들도 있어. 그런 어부들은 대부분 생계가 어려워 값비싼 우리를 팔아 돈을 버는 것이 목적이야. 생계가 어려운 어부들을 위해 어부의 생계 지원을 해주면 우리를 돈벌이 목적으로 잡는 어부들의 수가 줄어들지 않을까?

물론 불법 사냥이 쉽게 넘어갈 가벼운 문제는 아니야. 그래서 나중에 우리의 개체수가 어느 정도 원상복구가 된다면 그 사람들을 더 엄격하게 처벌해 주었으면 좋겠어! 이런, 갑자기 다른 이야기로 새어버린 것 같네. 다시 다른 해결 방법을 알려줄게.

환경 파괴 문제는 우리뿐만 아니라 다른 멸종위기 동물들을 괴롭히는 문제 중 하나야. 개발을 해서 편리하게 생활하는 거? 물론 좋지. 하지만 너무 과도한 자연 파괴는 결국 모든 생명체들을 위협해. 사람들도 위험한 건 마찬가지일 테고. 이제 더이상 환경을 파괴하지만 않는다면 우리 모두 평화롭게 살아갈 수 있을 거야.

내가 언급한 해결 방법을 완벽히 실천한다 해도 우리의 개체수가 빠르고 완벽하게 복구되지는 않겠지만 우리의 모습을 조금이나마 더 오래 볼 수 있을 거야. 내가 오늘 이야기한 것들을 잘 실천해 줘!

마지막으로 나의 소원은 이 이야기가 멀리 멀리 퍼졌으면 좋겠어.
이제 진짜 안녕!

자유롭고 싶은 동물,
판다

안녕? 난 판다라고 해.

난 요즘 주키퍼들이 나를 영상에 올리면서 유명해졌어. 그래서 다들 나를 친숙하게 생각하고 있을 거야. 우리를 자이언트 판다나 대왕판다라고 하는데 사실 판다는 원래 4종이었지만 1종만 남았다고 해. 그러니까 지금 있는 판다는 모두 대왕판다야. 왕판다라고 부르기도 하지.

우리는 레서판다와 다른 동물이야. 판다는 곰과이지만 레서판다는 레서판다과이거든. 따라서 레서판다는 판다가 아니지. 또한 우리가 더 유명하지! 우리도 원래는 라쿤과였지만 유전자 연구를 통해 곰과임을 밝혔다고 해.

(레서 판다)　　(자이언트 판다)

우리는 한자로는 '웅묘'라고 하는데 '곰고양이'라는 뜻이야. 북한에서는 '참대곰'이라고 부르고 중국식 발음은 '숑마오'라고 해. 동물 중에서도 가장 유명한 동물은 우리 판다라고 할 수 있어. 정말 신기하고 귀여워서 인형으로도 만들어지고 세계적으로 유명한 판다들도 많지.

이렇게 유명하고 귀여운 우리들은 항상 서늘한 지역에 살아. 그래서 중국의 몇몇 지역에서만 살아가지. 해발 고도 1800~4000m 높이의 쓰촨성, 칭하이성 지역에 있는 비교적 습한 대나무 숲에 살면서 대나무의 잎이나 줄기 그리고 다른 나뭇잎 등을 주로 먹고 있어. 우리가 가장 좋아하는 먹이는 바로 죽순이야!

<죽순>

우리는 육식동물의 장기를 가졌기 때문에 주식인 식물성 셀룰로스를 잘 분해하지는 못해. 소화력이 좋지 않기 때문에 하루 종일 먹은 대나무의 20%만 소화할 수 있어. 그래서 하루에 평균 10kg 넘도록 대나무를 섭취하고 있고 에너지를 유지하기 위해 느릿느릿 움직여. 게으르다고 생각할 수 있지만 우리는 나름 열심히 살고 있다고.

어떤 판다들은 가끔 육식을 하기도 한대. 먹이가 없으면 우리는 쥐나 새, 두더지, 물고기를 잡아먹어. 농장에 있는 어린 양을 잡아먹는

판다도 있다더라?

그리고 우리는 동물 중에서도 지능이 꽤 높은 편이야. 아이큐가 약 60~70 정도로 높다고 해. 대단하지?

몸의 털은 대부분 흰색이고 눈 주위와 귀, 팔, 다리는 검은색이야. 하지만 자라면서 털이 꼬질꼬질해지기 때문에 가끔 흰색 털이 아니라는 사람들도 있기는 해. 몸길이는 180cm 정도이고 암컷이 수컷보다 체구가 작아. 몸무게는 주로 100kg이 넘고, 꼬리 길이는 15cm 정도이지. 눈 주변의 털은 다른 적들에게 털이 아니라 까만 눈처럼 보이게 해. 우리가 눈이 크다는 사실이 다른 적들에게 위협적으로 보여 우리를 보호해 줘. 하지만 그것이 사람들의 눈에는 그저 귀엽게만 보이나 봐. 에휴.

우리는 다른 동물들과 다르게 앞다리에 6개의 발가락이 있어. 가짜 엄지라고도 불리는데, 이건 손목뼈의 일부가 엄지처럼 변해서 대나무와 나무들을 더 잘 움켜쥘 수 있는 우리만의 특징이야. 이 가짜 엄지는 무려 600만 년 전부터 우리 조상들에게 있었대. 이를 통해 그때도 조상들이 대나무를 먹었다는 사실을 알 수 있지.

또 대나무가 주식인 우리에게는 대나무를 잘 씹을 수 있는 크고 날카로운 어금니와 둥글고 짧은 모양의 치아를 갖고 있어. 대나무를 먹는 우리가 유리하게 적응한 거야. 신기하지?

우리는 단독으로 살지만 봄철 번식기가 되면 모여 살아. 번식 시기는 3~5월, 새끼는 가을부터 겨울에 태어나고, 한 배에 1마리 정도를 낳아. 종종 2마리를 낳기도 해. 하지만 어미는 가장 건강하다고 생각되는 새끼 판다 한 마리만 키우는 경우가 많아서 두 마리 모두 살아남는 경우가 적어. 새끼들은 태어나서 제대로 걷기 시작할 때까지 약 3개월 정도가 걸려.

우리가 사는 대나무 숲은 겨울에도 대나무가 많아 겨울잠은 자지 않고 주로 해발 고도 800m 정도로 내려와 생활한단다.

앞에서 말했듯이 우리는 깊은 산속에서 느릿하게 움직이다 보니 눈에 띄지 않아 찾기도 어렵고 다른 이들의 간섭도 받지 않았어. 하지만 갑자기 1870년에 판다가 주목을 받기 시작했대. 중국에 간 프랑스 선교사가 사냥꾼에게 판다 가죽을 받은 거야. 이 가죽이 프랑스에 있는 국립자연사박물관에 전시되자, 서양에서 판다가 유명해졌어. 주로 영국과 미국에서 판다들을 사냥하기 위해 중국으로 갔어. 당시 미국 대통령의 두 아들들도 중국에 가서 판다를 사냥하고 사진을 남겼어. 사냥 당한 판다들이 너무 불쌍하지 않니?

중국에서도 오랫동안 판다 사냥을 했대. 한참 뒤에 밀렵이 금지되었지만 사람들은 여전히 밀렵을 이어갔어. 그리고 우리가 중국의 국보가 되고 판다들을 어딘가에 가두고 수를 늘려서 다른 나라에 보내는 거야. 그렇다고 그곳에 계속 사는 것은 확실하지 않아. 중국에 돈을 주고 빌려오는 거거든. 한 3년 뒤에 다시 중국으로 돌아가겠지.

너희들 '푸바오' 알지? 한국에서 최초로 자연 번식된 판다 말이야. 그 판다는 2024년 4월 3일 중국으로 돌아갔어. 이처럼 판다는 번식기가 되면 언젠가 중국으로 가게 되어있지.

사람들은 우리를 보호한다고 하는데 그것이 우리에게 마냥 좋지 않을 수도 있어. 우리가 살 서식지가 부족한데 가둬서 키우는 것은 우리에게 무슨 의미겠어? 서식지에 방류된 판다들이 영역 싸움으로 죽는 일도 일어나기도 했었거든.

　그러나 더 심각한 문제가 있어. 기후 위기와 환경 오염으로 우리들이 사는 숲이 사라지고 있어. 우리같이 한 종의 식물에 대부분 의존해서 살아가는 동물들은 그 식물이 부족해지면 식물을 섭취하는 동물도 함께 위험해져.

　예를 들어 우리가 사는 쓰촨성에서 경제 개발 시기 동안 판다 서식지가 절반 가까이 사라졌대. 그 시기부터 계속 벌목도 하고 있어. 자꾸만 나무를 베어 내어 서식지가 눈에 띄게 감소하고 있다고. 철도 개발도 우리 서식지를 없애는 데 한몫하고 있다더라. 이런 것들은 우리에게 엄청나게 큰 피해를 준다는 거지.

　지금 전체 판다 개체수는 약 2,000마리 정도이고 그중 절반 정도 동물원에 살고 있어. 야생에서 살던 우리가 아무래도 자연에 사는 게 더 좋겠지? 아무튼 너희들이 이제부터 우리를 꼭 도와줘야 해!

　우리 가죽이 엄청 비싸서 사람들이 밀렵을 많이 했었어. 1950년쯤 우리가 멸종될 수도 있을 정도로 수가 줄었다 다시 살아난 적이 있대. 다시 이렇게 되지 않도록 너희가 우리들을 도와줘야 해.

우리들을 구하려면 우리가 원래 살던 곳에 그대로 내버려두는 게 좋겠어. 자연 속에 살고 있는 우리를 간섭하지 않는 거야. 멸종위기 동물은 갇힌 곳에서 번식 활동을 잘 하지 않아. 사람들도 누구에게 간섭을 받으면 싫잖아. 우리도 정말 싫어! 대나무 숲을 관리하고 잘 보호해 준다면 더 좋겠지? 우리를 그냥 가만히 내버려두는 게 우리가 가장 원하는 바야.

또 그린피스 같은 곳에 후원해서 기후 위기를 막기 위해 노력하거나 환경 오염을 막기 위한 방법들을 스스로 알아보는 거야. 어쩌면 사소한 관심이 큰 물결이 되어 돌아올 수가 있어.

이 글을 읽고 있는 너희들이 우리를 도와줘야 해. 옛날 우리가 살았던 대로, 그 누구의 간섭도 받지 않던 옛날 그 시절로 돌아가게 도와줘. 이게 우리의 처음이자 마지막 부탁이야.

초원의 자동차,
치타

안녕, 나는 치타야.

치타라는 이름은 장식되었다는 뜻의 산스크리트어 '시트라'에서
유래되었어. 우리는 표범보다 더 작아. 또한 우리는 다른 동물들보
다 훨씬 빨라. 시속 100km도 넘게 달릴 수 있어. 육상에서 가장 빠
른 동물이지. 우리가 얼마나 빠르냐면 고속도로에서 빠르게 달리는
자동차와 비슷한 속도도 낼 수 있어.

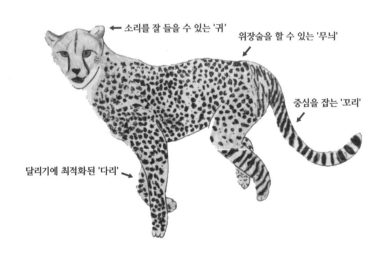

← 소리를 잘 들을 수 있는 '귀'

위장술을 할 수 있는 '무늬'

중심을 잡는 '꼬리'

달리기에 최적화된 '다리'

우리가 이렇게 빠르게 달릴 수 있는 이유는 달리기에 최적화된 다리 덕분이란다. 하지만 체온이 갑자기 오르면 위험할 수 있어 오래 달릴 수는 없어. 우리의 몸길이만큼 긴 꼬리는 갑작스레 방향을 바꿀 때 흔들리거나 넘어지지 않게 균형을 잡아주지.

우린 단독으로 영양이나 다람쥐, 토끼, 혹멧돼지를 사냥해. 사냥감에게 살금살금 조심스럽게 접근하고, 자동차처럼 빠른 속도로 슈욱 달려가서 고양이처럼 앞발로 사냥감을 잡아. 그러면 사냥감을 놓치지 않을 수 있어. 그래도 가끔 사자나 하이에나에게 먹이를 빼앗기고, 사냥 중 다치는 경우도 종종 있지.

가끔 사냥감이 저항이 너무 세다면, 목덜미를 물어 뇌로 신호를 보내는 신경을 끊어버리는 것도 하나의 방법이야. 때로는 너무 가까운 사냥감은 몸에 있는 무늬를 이용해 마른 풀숲 사이에 숨어 공격

하기도 해.

사냥은 쉬운 것 같지만 먹이를 잘 찾아야 하고, 살기 위해 온갖 힘을 다 써야 해서 보통 하루에 한두 번 이상의 사냥은 어려워. 그래서 사냥에 실패했을 때 굶을 아이들에게 미안하고 안타까운 생각으로 집으로 돌아가. 만약 사냥에 성공하는 날이면 아이들이 기뻐할 생각에 정말 행복해. 우리의 사냥 이야기는 이쯤으로 마무리짓도록 할게.

아참, 우리는 주로 아프리카 초원에서 살아가지. 임신 기간은 90일 정도이고, 한 배에 1~8마리를 낳아 키워. 하지만 다 클 때까지 살 수 있는 수는 겨우 두 마리야. 정말 운이 좋으면 세 마리나 클 수 있지.

암컷 혼자 새끼가 다 클 때까지 2년 동안 키우고, 새끼에게 사냥 법을 가르쳐줘. 어미는 새끼를 위해 어린 동물이나 영양을 산 채로 잡아 와 어렸을 때부터 사냥 연습을 시키는 거지. 그나저나 어른이 되는 건 왜 2마리밖에 되지 않는지 궁금하지 않아?

어미 치타는 약한 새끼 치타를 다른 어린 치타들에게 먹이는 게 오히려 좋다고 생각하기 때문이야. 잔인하다고? 하지만 이것은 어쩔 수 없는 우리의 습성이야.

내 소개가 너무 길었지? 이제 본격적으로 우리가 하고 싶은 이야기를 해볼게. 우리는 최근 멸종위기종이 되었거든. 우리는 1급 멸종위기 동물로 지정되었어.

우리가 왜 멸종위기종이 된 줄 알아? 이게 다 사람들이 밀렵과 불법 거래를 해서 그래. 왜냐고? 우리의 가죽이 질이 좋아 값이 비싸다고 하더라. 우리 아기들은 300마리씩 팔려나간대. 우리 아기들을 가져가려고 밀렵꾼들이 우리가 없는 틈에 새끼를 훔치거나 우리를 죽이고 새끼를 포획한대. 사람들은 우리들을 애완용 치타로 팔기도 해. 에휴, 나도 사람들이 왜 그러는지 모르겠어.

너 같아도 소중한 것들을 잃어버리면 좋겠니? 우리도 같은 슬픔을 느끼거든. 그리고 사람들이 자연을 파괴하면 우리의 서식지가 점점 줄어들어서 계속 다른 곳으로 이동해야 해. 좁고, 더러운 곳에서는 살 수 없어.

이래서 우리가 6,500마리 미만의 개체수밖에 남지 않은 거야. 그리고 내가 과학자들의 이야기를 들었는데 우리에게 치명적인 바이러스라도 발견된다면 순식간에 우리 모두 다 멸종될 수 있다는 암울한 이야기도 들었어.

우리들의 먹이도 점점 사라지게 되면 우리가 죽게 될 거야. 이러한 우리들이 참 불쌍하지 않니?

이제부터라도 우리들을 지켜줘. 우리들이 개체수를 잘 유지하고 우리의 서식지가 안전하며 먹이도 풍부할 수 있게 말이야. 그렇지 않으면 우리 말고도 점점 다른 동물들이 사라지고 사람들도 멸종될 수가 있어.

사람들도 나무랑 물, 식량이 없으면 못 살잖아. 우리도 마찬가지야. 쓰레기 무더기에서만 살 수 없어. 제발 우리들을 지켜줘. 사람들은 똑똑하니까 할 수 있을 거야. 사람들이 우리를 위해 노력하지 않으면 우리는 아주 빠르게 사라질지 몰라.

우리를 지키려면 우선 밀렵꾼들이 없어져야 해. 너희들도 알다시피 욕심이 많은 나쁜 사람들이 있거든.

또한 우리를 기리는 날을 기억하는 것도 좋은 방법이야. 12월 4일은 우리를 기리는 날인 '치타의 날'이야. 치타보호기금(CCF) 설립자 로리 마커 박사가 새끼 치타 '카얌'의 생일인 12월 4일을 치타의 날로 지정했어. 앞으로 12월 4일이 다가온다면 우리 치타들을 떠올려 보는 게 어떨까?

마지막으로 무분별한 개발을 멈춰줘! 지금 우리가 사는 초원에 공장이 마구 들어오고 있어 우리의 생활 터전이 점점 사라지고 있거든. 고작 공장 몇 개라는 생각은 금물이야! 이는 우리가 사라지게 된 큰 이유 중 하나거든.

제발! 우리의 영역을 넘어 우릴 고통스럽게 죽이지 말아 줬음 해. 너희도 누군가 너희 집에 들어와서 괴롭히면 싫을 거야. 이 글을 읽는 모두가 관심을 가지고 노력해 주면 우리의 숨통이 조금이나마 트이지 않을까? 우릴 도와줘!

훌륭한 뿔 소유자, 코뿔소

안녕? 나는 코뿔소라고 해.

우리는 넓은 초원에 살고 있어. 혹시 우리의 특징을 알고 있어? 바로 머리에 뿔이 있다는 거야. 이 뿔은 우리에게 아주 중요해. 왜냐하면 다른 동물들을 상대할 때 위협하려고 있거든. 이 뿔이 다른 동물들로부터 우리를 지켜주는 기둥이 되지!

우리는 몸집은 크지만 다른 동물들 처럼 사냥을 하지 않아. 왜냐고? 우리는 초식동물이거든. 그래서 풀을 먹고 살아. 하지만 종종 우리 식사 시간을 방해하는 동물들이 있어. 그런 동물들을 상대하기 위해서 뿔이 있는 거야.

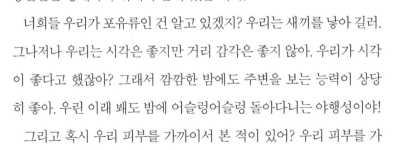

너희들 우리가 포유류인 건 알고 있겠지? 우리는 새끼를 낳아 길러. 그나저나 우리는 시각은 좋지만 거리 감각은 좋지 않아. 우리가 시각이 좋다고 했잖아? 그래서 깜깜한 밤에도 주변을 보는 능력이 상당히 좋아. 우린 이래 봬도 밤에 어슬렁어슬렁 돌아다니는 야행성이야!

그리고 혹시 우리 피부를 가까이서 본 적이 있어? 우리 피부를 가까이서 본 사람들은 잘 없겠지만 사람들은 우리 생김새 때문에 피부가 거칠고 단단할 거라는 인식이 있는데 우리 피부는 보기와 다르게 상당히 부드러워! 오히려 거칠고 단단한 피부는 이웃 친구 코끼리가 가지고 있지.

아참! 우리 수명은 보통 25년 정도인데, 오래 사는 언니나 오빠들은 최대 40년까지 장수한다고 하더라. 하지만 사람에 비하면 턱없이 짧은 편이지. 요즘 사람들은 100세까지 산다던데 대단해!

사실 알고 있을지는 모르겠지만, 우리는 멸종위기 동물이야. 우린 현재 개체수가 대략 5천 마리 정도만 남아 있게 되었단다. 그런데도 사람들은 아직도 심각성을 인지하지 못하고 있어.

바로 밀렵꾼들이 뿔을 팔기 위해 우릴 죽여서 우리 개체수가 적어져서 현재 멸종위기 동물이 되어버린 거야.

우리 뿔은 사람들에게 귀한 약재로 쓰여. 그래서 우리의 생명과도 같은 뿔을 뜯어가는 거지. 하지만 이것은 오직 사람들의 이익을 위

한 돈이 목적이야. 너희들은 생살이 뜯겨 나갈 때의 고통을 알아? 나도 모르는 사람들이 갑자기 나의 뿔을 다짜고짜 마취도 없이 뜯어갈 때의 아픔은 상상하기조차 싫어.

우리에게 뿔이 없으면 삶의 가치가 뚝 떨어져. 오직 돈을 목적으로 우리를 고통에 빠뜨리는 사람들이 너무 밉기도 해.

　이런 우리를 돕기 위해 현재 세계적으로 국제적인 노력을 기울이고 있어.

예를 들어 환경보호단체와 세계자연기금(WWF)과 같은 기구들은 서식지 보호, 불법 밀렵 방지, 생물 보전을 위한 다양한 프로젝트를 진행하며 우리를 위해 힘써주고 있어.

　이처럼 너희들도 우리를 하나의 희망이라 생각하고 우리가 이 고통 속에서 탈출할 수 있도록 도와줬으면 좋겠어. 작은 행동이지만, 서식지를 보호하고, 캠페인에 참여하는 등 우리를 위한 실천들에 많은 관심 가져주기를 바라. 우리를 멸종위기 동물에서 하루빨리 벗어나게 도와줘!

사람과 친척뻘,
침팬지

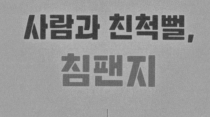

안녕? 나는 침팬지야.

　나는 사람과 매우 유사한 모습을 가지고 있어. 그래서 사람들은 우리들을 잘 안다고 생각하지만 정작 대부분의 사람들은 우리에 대해 설명을 못하지. 그런 의미에서 내가 우리들에 대한 기본적인 정보를 설명해 줄게.

　자, 그럼 시작한다? 우리는 잡식성이라 여러 가지 음식을 가리지 않고 먹어. 몸길이는 수컷이 77~92cm이고, 암컷은 70~85cm야. 그리고 수명은 평균 60년 정도란다. 꽤 오래 살지? 몸무게는 수컷보다 암컷이 조금 더 많이 나가는 편이고 평균 40kg 정도 돼. 개체수는 야생에 서식하는 것만 17~30만 마리 정도로 추정되고 있어.

또 우리가 자랑할 만한 것은 아이큐라고 할 수 있지. 아이큐가 110~120 정도로 다른 동물들보다도 특히나 지능이 높단다.

가끔 무식한 사람들이 우릴 보고 침팬지들은 생김새만 사람과 닮았고 지능은 사람에 비해 많이 떨어진다고 생각하는데 그건 다 잘못된 사실이라고!!

그리고 나와 친구들은 열대의 축축한 산림과 사바나에서 살고 있어. 사바나는 열대기후 중 건기와 우기가 뚜렷한 지역에서 나타나는 열대 초원지대를 말해.

그리고 우리는 시력이 좋아. 밤에도 생활을 잘할 수 있는 야행성 동물이기도 해. 나는 우리의 좋은 눈이 정말 마음에 들어.

우리에 대한 설명이 아직 끝나지 않았어. 그건 바로 이 글의 제목처럼 우리가 사람과 같을 수 있다는 거야! 물론 아주 먼 오래전에 그랬을 수도 있었다는 얘기지. 그런데 최근 연구 결과로 사실이 아닌 것으로 밝혀졌어. 사람과 침팬지의 DNA는 99% 일치하지만 우리는 4족 보행이고, 사람들은 2족 보행이야. 또 뇌의 구조도 다르기 때문에 다른 종으로 분류된다고 할 수 있어.

좋은 이야기만 하면 좋겠지만 뭐 어쩔 수 없지. 우리는 멸종위기 동물이야. 우리가 멸종되어가고 있는 이유는 셀 수 없이 많아 다 이야기하면 내 입만 아파. 그래도 대표적인 것을 알려줄게.

첫 번째, 서식지 파괴야. 요즘은 기술이 너무 발달해서 사람들이 계속해서 우리가 사는 곳을 마음대로 개발하고 있어. 산과 숲이 가득했던 우리의 살 곳이 점점 공장과 도시로 물들어가고 있는 슬픈 현실이지. 나와 친구들은 언제 쫓겨날지 모른다는 두려움 속에 살고 있단다.

두 번째, 무분별한 사냥이야. 원주민들과 밀렵꾼들이 침팬지를 먹으면 병을 치료할 수 있다고 믿어서 우리를 마구 잡아먹었어. 그로 인해 내 친구들과 가족들이 끔찍한 죽음을 맞이했어. 나는 가끔 떠나보낸 친구들과 가족들을 떠올리며 잠에 들곤 해. 그때마다 나쁜 사람들을 아주 그냥 혼쭐을 내주고 싶어!

그래서 말인데 부탁이 있어. 우리 침팬지들을 위해서 환경보호를 해주겠니? 실천 방법은 많지만 대표적으로 캠페인에 참여하는 것이 있어. 잘못된 생각을 가진 사람들을 대상으로 캠페인을 실시해서 그 사람들의 생각을 올바르게 고쳐주는 거야.

마지막으로 우리들을 위한 동물 보호소를 만드는 거야. 현재 우리를 보호해 주는 시설이 많이 부족해. 우리들을 위한 동물 보호소를 더 많이 만들면 우리 삶이 좀 더 나아질 거라 믿어. 실제로 미국 플로리다라는 곳에는 'Save the Chimps'라는 침팬지 보호소도 있어. 하지만 이런 곳은 극히 일부야. 하루 빨리 노스웨스트 같은 곳이 많이 생긴다면 얼마나 좋을까?

우리가 하루 빨리 멸종위기종에서 탈출할 수 있도록 이 글을 읽는 사람들은 말만 하는 것이 아니라 행동으로 실천해주는 그런 사람들이 되었으면 좋겠어. 마지막 인사로 마칠게. 안녕.

달 아래 사이렌,
늑대

안녕! 나는 달 아래 사이렌 늑대라고 해!

나는 한 번쯤 들어 본 동물이지? 내가 왜 달 아래 사이렌 늑대냐면 달 아래에서 사이렌처럼 하울링을 하기 때문이야. 이제 나의 이야기를 시작할게.

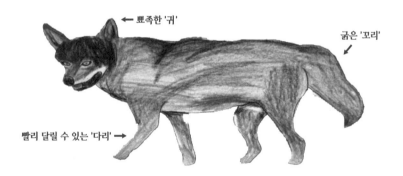

←뾰족한 '귀'

굵은 '꼬리'

빨리 달릴 수 있는 '다리' →

우리는 개과의 포유류에 속해 있어. 우리는 개와 비슷한 생김새를 가진 야생동물이라고 생각하면 돼. 그래서 우리의 발자국도 개들과 비슷하게 생겼어. 한 마리의 우두머리가 여러 마리를 이끌며 군집 생활을 하지.

우리 울음소리를 들어 본 적 있어? 우리들은 "아우우우우~" 하는 길고 낮은 울음소리로 하울링을 할 수 있어. 우리들이 하울링을 하는 이유는 여러 가지야. 사냥을 나간 동료들에게 서식지 위치를 알려줄 때나 사냥 중 동료 늑대에게 도움을 요청할 때도 울음소리를 내지. 가끔 사냥을 하다 보면 사냥감이 너무 크거나 사냥감들의 숫자가 너무 많으면 도움이 필요한 상황도 생기거든.

우리들이 짓는 자세는 몸을 뒤로 빼는 등 개의 행동과 비슷한 부분이 많아. 우리도 어쩔 수 없는 개과인가 봐. 그리고 우리의 몸길이는 105~160cm까지 길어. 내가 서 있을 때 사람으로 치자면 어린 아이들 키 정도는 되지 않을까?

하지만 개와 다른 점도 있어. 우리들은 꼬리를 위쪽으로 구부리지 않고 항상 밑으로 늘어뜨리고 있는 것이 개와 우리들의 차이점이거든. 신기하지?

그리고 우리들은 종에 따라 다르긴 하지만 평균 몸무게는 40kg

정도야. 이마가 넓고 코는 넓은 머리에 비해 길고 뾰족해. 귀는 항상 빳빳하게 서 있어.

우리들이 사냥은 어떻게 하는 줄 알아? 사냥감을 포착하면 조심히 다가가다 사냥감이 눈치를 채서 도망을 치기 시작하면 우리들은 시속 60km로 달려가서 사냥감의 앞발을 잡아. 그러고는 사냥감의 뒤쪽을 물어 도망가지 않게 만든 다음 포획하지. 보통은 위에서 사냥감을 재빠르게 덮쳐 잡아먹기도 해. 우리들의 뛰어난 지구력을 바탕으로 끈질긴 추격전을 벌이지.

번식기는 1~2월이고 4~6월에 3~6마리의 새끼를 낳는데, 많으면 10마리까지도 낳기도 해. 우리는 새끼를 위해 서식지 부근을 충분히 조사한 다음 매우 복잡한 여러 모양의 보금자리를 만들어. 주로 큰 바위 사이나 자연 동굴 같은 곳이 우리가 살기 제격이야. 왜냐하면 이런 곳들은 위험한 야생 생활에서 은신처가 되어 주기 때문이야.

그리고 우리는 엄청난 식욕을 가지고 있어. 송아지나 염소 같은 동물은 앉은 자리에서 한 마리 다 먹을 수 있다고! 주로 죽은 동물의 시체나 달달한 열매들을 즐겨먹기도 해. 가끔은 얕은 개울가에서 물고기도 잡아먹지. 5~6일 간 굶어도 살 수 있긴 하지만 물을 먹지 않고는 얼마 살지 못해.

우리는 주로 겨울에 무리 지어 생활해. 무리 생활은 사냥을 쉽게 하도록 도와주기 때문이야. 우리는 주로 삼림지대에서 살고 추운 지방에 적응해 있어. 삼림지대에는 맛있는 먹잇감이 많고 체온을 유지하기 아주 적절한 곳이지! 또한 깊은 산이나 춥고 눈이 많은 지역에서 살아. 우리는 서식하고 있는 장소마다 지방의 기후, 풍토 등의 요인으로 털의 밀도나 색채에 큰 차이가 있어.

  그나저나 이렇게 멋진 우리가 멸종위기 동물이라고 해. 왜 멸종위기 종이 된 줄 알아? 이건 다 사람들 때문이라고 볼 수 있지. 산림 파괴와 농업 개발로 인해 서식지가 파괴되며 우리들이 점점 없어지고 있어.

  한국에서는 더이상 발견되지 않고 있다나 뭐라나. 그래서 우리들을 멸종위기 야생동물 1급으로 지정했다고 하네. 우리들이 불쌍하지 않니? 계속해서 우리들이 사라지면 우리를 더 이상 볼 수가 없을 거야. 우리들을 꼭 지켜줘야 해. 우리들은 보호만 잘되면 매우 빠르게 개체수를 불릴 수 있거든. 수명이 짧은 대신 매우 빠르게 세대교체가 이루어지기 때문에 보호만 잘해 줘도 좋을 것 같아.

  우리들을 보호하고 지키는 방법에 무엇이 있는지 알려줄게.

  첫째, 우리들의 서식지를 보호해 줘야 해. 서식지를 보호하려면 개발을 최소화하는 게 맞다고 생각해. 이미 충분히 공장이 많다고 생각하는데 왜 또 만드는 거야? 계속해서 공장과 건물들을 개발한다면 우리들의 터전은 점점 사라지게 될 거야.

그리고 사람들은 멸종위기 동물도 보호해야 하지만 더 나아가 지구도 지켜야 할 것 같아. 대부분의 멸종위기 동물들은 환경오염이나 기후 위기, 서식지 파괴 등으로 위험을 겪고 있지. 그래서 지구를 지켜 우리 말고도 위험에 처한 다른 멸종위기 동물들도 도와주면 좋겠어.

　둘째, 나무를 불법으로 베지 말아줘. 나무에 달려 있는 열매도 먹고 좋은 산소도 마시기 위해선 나무가 필수적이거든. 사람들도 나무 없으면 못 사는 건 마찬가지라고!

　셋째, 바다에다 쓰레기를 버리지 말아줘. 사람들도 쓰레기 가득한 곳에서 살 순 없잖아? 그래서 부탁할게. 절대 쓰레기를 함부로 버리지 마.

　하나하나 모두 소중한 생명이야. 생태계는 모두가 연결되어 있어 한 종의 멸종이 엄청난 나비효과를 가져올지 모른다고. 꼭 생각하고 행동해 줬으면 좋겠어. 마지막으로 우리뿐만 아니라 다른 멸종위기종도 잘 살아갈 수 있게 보호해 주길 바라. 항상 지켜볼 거야!!

코끼리 육지거북

안녕, 난 코끼리 육지거북이라고 해.

 알다브라 큰 거북이라고도 불리지. 내 이름은 큰 덩치와 무게로 다양한 식물을 먹고, 서식지의 나무를 무너뜨려서 길을 만드는 것이 마치 코끼리와 유사한 역할을 한다고 해서 붙여진 이름이야. 그리고 우리는 다른 육지 거북이들에 비해 다리가 길고 코끼리처럼 두껍기 때문에 일반적인 거북이들보다 빠르게 움직일 수 있어.

 또 암컷과 수컷에 따라 다르지만 일반적으로 우리의 피부는 불규칙한 각형이고 두껍고 거칠기 때문에 우리의 등껍질은 웬만해서 뚫

기 어려워. 그래서 적이 우릴 공격하려고 할 때 등껍질을 이용해 우리 몸을 숨기기에 효과적이지.

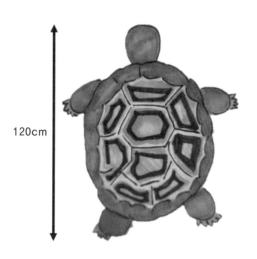

120cm

또 우리의 발톱은 두껍고 묵직해서 남을 잘 할퀼 수는 없어. 그렇지만 땅을 파기에는 효과적이란다. 그리고 우리는 주로 서식지 근처에서 구할 수 있는 나무 열매나 잎을 먹어. 가끔씩 무척추동물이나 곤충을 먹을 때도 있지.

우리는 영양 상태에 따라 다르지만 보통 2~5월쯤 얕은 둥지에 8~25개의 알을 낳아서 키워. 우리가 낳은 알들은 태어나는 데 8개월이 걸리고 성숙해지는 데까지는 20~30년이나 걸린단다. 하지만 성장 기간이 길어 성체가 되는 수는 몇 마리 안 돼. 우리의 평균 수명은 120년 정도야. 사람보다 장수할 수 있다고! 최대 255년을 산 우리의 조상도 있어!

이렇게 오래 사는 우리가 왜 멸종 위기에 처하게 되었냐고? 지금부터 설명해 줄게. 아주 오래전 선원들은 우연히 배를 타고 가다 우리의 서식지를 발견했어. 오랫동안 밥을 먹지 못한 선원들은 무척 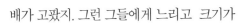 배가 고팠지. 그런 그들에게 느리고 크기가 큰 우리는 아주 좋은 식량감이었어. 그래서 그때부터 우리는 식용으로 사용되며 개체수가 많이 줄어들기 시작했단다.

또 환경 오염과 자연 개발로 우리들의 서식지가 파괴되며 자연스레 우리의 개체수는 점점 줄어들었어. 심지어 우리를 키울 수 있는 사육 제도가 마땅히 있지 않아서 우리들을 마구잡이로 키운 사람들로 인해 우리들은 점점 사라지게 되었지. 그렇게 우리는 현재 개체수 20만 마리로 멸종위기 등급 취약종으로 분류되었어.

그러니 이제부터는 나 같은 동물들이 이렇게 희생당하지 않도록 너희들이 도와줬으면 해. 우리를 보호하는 사육 제도를 마련하거나 세계자연기금(WWF)과 같이 자연과 우리를 보호하는 기관에 관심을 갖는 것도 좋은 방법이야. 너희들의 아주 작은 관심이 때로는 우리에게 큰 도움이 될 수도 있거든.

그리고 우리가 사는 환경을 만들려면 동물원 수준의 사육 시설이 필요한데 우리가 살기에는 턱없이 부족한 환경에서 우리를 사육하는 경우가 있더라고. 그곳에서는 우리가 받는 스트레스가 증가하게 되고 평균 수명에 못 미치고 죽는 경우가 생겨. 자연환경과 흡사한 사육시설을 마련하지 못하는 거라면 우리를 사육하지 않는 것도 하나의 좋은 실천 방법이 될 수 있지.

가장 중요한 방법은 우리의 서식지를 보호해 주고 우리의 개체 번식을 위해 함께 도와주는 것이 아닐까? 그럼 우린 멸종위기종이 아닌 그냥 거북이로 평화롭게 살 수 있을 것 같아.

앞으로 우리를 도울 수 있는 여러 가지 방법을 잘 실천해서 다시 평화롭게 서로가 어우러져 살아갔으면 좋겠어. 우리뿐만 아니라 다른 멸종위기종 친구들도 피해를 받지 않도록 말이야. 우리의 편지가 멀리멀리 퍼져 이제는 나와 다른 멸종위기종 친구들이 행복하게 지낼 수 있도록 관심을 갖고 도와줄래?

마지막 소원 53

춤추는 범고래

안녕? 내가 누군지 아니?
나는 범고래라고 해.

우리를 모르는 사람들도 있을 수 있으니 우리 소개 좀 잠깐 할게.

우리는 여름을 피해 10월에서 3월까지 새끼를 낳고 수명은 평균 50~100년 정도야. 우리 몸길이는 약 10m 정도까지 자라고, 몸무게는 6~10kg까지 자라.

가장 잘 알려진 우리 모습은 하얀 얼룩이 마치 두꺼운 눈썹처럼 있고 초롱초롱한 눈을 가지고 있어. 또 새까맣게 검은 피부에 배는 흰색을 띠고 있지.

그리고 우린 명예로운 바다의 포식자야! 왜냐하면 우리는 협동력이 뛰어나 무리와 함께 힘을 합쳐 동물들을 사냥하거든. 또한 신체적

능력이 뛰어나고 사람 다음으로 높은 지능을 가져 바다 생태계 피라미드에서 최상위에 있는 고래 킬러야.

우리의 사냥 방식은 다음과 같아. 우리는 딸깍 소리를 내는데 그 소리가 사냥감을 부딪쳐 다시 돌아와. 그것이 엄청난 사냥 정보가 되어 도움을 줘. 상어가 배가 부른지도 파악할 수 있고 심지어 모래 속에 숨어 있는 적까지 알 수 있다고. 상어를 사냥할 때는 우리의 엄청난 지능으로 작전 회의를 해. 상어를 사냥하는 순간에는 심장이 벌렁벌렁 무지 긴장되는 순간이야. 우리의 사냥 성공담을 말해 줄까? 상어를 뒤집은 다음 익사시켜서 간을 빼먹었던 적도 있다고!

우리는 가오리도 좋아하긴 하지만 가오리는 너무 크기가 작아서 배도 잘 안 차고 잡기가 힘들어. 그래서 백상아리 상어를 먹어 허기진 배를 채우는 게 더 이득이야. 백상아리 한 마리의 간은 300kg 정도이고 가오리 175개와 맞먹거든.

이렇게 기세등등한 우리가 안타깝게도 멸종위기종이란다. 고작 남아 있는 개체수는 5만 마리 정도뿐이야.

우리가 5만 마리 정도밖에 남지 않은 이유를 설명해 줄게. 첫 번째 이유는 사람들은 바다에서 우리를 잡아 수족관에 넣어두고는 우리한테 온갖 재주를 부려보라고 하고, 우리를 본 관객들은 실실 웃어 대지. 이게 대체 무슨 말이냐고? 우리는 사육사들이 돈을 벌기 위해 사용되고 있다는 뜻이야. 우리의 화려한 춤이 사람들에게는 고작 눈요깃거리밖에 되지 않는다니 안타까운 일이야.

그런데 말이야. 사육사들은 우리처럼 생각하지 않는 것 같아. 우리가 수족관에서 편하게 생활하고 있다니…. 우리는 수족관의 생활이 엄청난 스트레스인데. 넓은 바다에서만 살았던 우리가 좁은 수족관 안에서 생활하는 것은 너무나 힘든 일이라고!

또한 우리가 멸종되는 두 번째 이유는 서식지 파괴야. 우리는 위도가 높고 먹이가 풍부한 해역에서 사는데 환경 오염으로 인해 점점 서식지가 사라지고 있어. 옛날에는 먹이도 풍부했었는데 지금은 먹이도 사라지고 있는 것 같아. 백상아리, 바다거북, 갈매기, 펭귄, 가오리들도 점점 뜨거워지는 지구에서 살아가기 힘들어 우리가 먹을 수 있는 먹이가 없어지고 있지. 기후 변화로 바닷물이 따뜻해지면 우리들도 다른 동물들도 살아가기가 힘들어진단다.

〈 우리들의 먹이 〉

펭귄 물범 백상아리

　사라져가는 우리를 지켜줄래? 방법은 우리가 알려줄게. 첫 번째, 우리를 그 좁은 수족관에 넣어 생활하게 하지 않고 충분한 휴식을 줬으면 좋겠어. 훈련으로 인해 스트레스를 많이 받은 내 친구들이 하늘나라로 갈 때마다 엄청난 고독함을 느끼거든.

　두 번째, 해양 오염을 막기 위해 힘을 써줘. 바다에 불꽃놀이 때 남겨진 탄피나 쓰레기를 버리지 말아줘. 이것들이 바다를 심각하게 오염되게 만들거든. 우리가 죽으면 몸속에서 무엇이 나오는지 아니? 바로 플라스틱이야. 사람들은 바다에 플라스틱을 쉽게 버리잖아. 우리는 바다에 둥둥 떠다니는 플라스틱을 보고 먹이인 줄 알고 먹고 죽게 된단 말이야.

　세 번째, 혹시 동물보호센터라는 곳을 아니? 동물보호센터에서는 야생에서 다친 동물이나 위기에 처한 동물들을 도와주는 곳이야. 다친 동물은 그곳에서 치료를 받고 다시 야생으로 돌아가. 이런 기관에도 관심을 가져줬으면 좋겠어.

지금까지 우리를 지키는 방법을 알려줬는데 지켜줄 수 있겠어? 사실 나에게 부모님과 동생이 있는데 몇 달 전에 사람들에게 잡혀 가족과 이별하게 되었어. 떠나간 가족들이 너무 그리워. 지금 우리 가족들이 어떻게 지내는지도 몰라. 제발 아무 일 없이 잘 지냈으면 좋겠다. 나같이 가족을 잃은 범고래들이 더이상 생기지 않도록 도와줘, 제발! 우리를 그저 평화롭게만 살도록 말이야.

고양이 닮은 꼴,
표범

안녕? 나는 표범이야.

다들 나를 한 번씩은 들어본 적이 있지? 나는 고양이과 포유류야. 새끼를 낳아 젖을 먹여 키우는 동물이지. 우리는 강변의 숲, 숲이 무성한 바위 지대, 덤불, 사바나 등 서식 범위가 굉장히 넓어.

너희 혹시 우리가 어떻게 생겼는지 아니? 보통 표범이라고 하면 점박이가 있다고 생각하고 있을 거야. 맞아, 우린 돈점박이라고도 불려. 우리의 머리는 크고 둥글게 생겼고, 코는 다소 뾰족하며, 눈은 원형으로 동그랗게 생겼어. 귀는 짧고 둥글며 수염도 짧아. 꼬리는 몸통의 반 정도를 차지할 만큼 긴 편이지.

사람들은 이런 우리를 치타와 닮았다고 해. 하지만 치타는 점무늬이고 우리는 고리 모양 무늬라고. 치타와 우리의 차이점, 이젠 알겠지?

그리고 우리는 육식성 동물이야. 토끼, 비버, 멧돼지, 사슴, 영양 등을 주로 먹이로 먹어.

우리 표범의 몸길이가 어느 정도인지 알고 있어? 우린 서식 지역에 따라 차이가 나긴 하지만 보통 수컷들은 초등학생 고학년들의 키 정도 돼. 대략 140~160cm야. 가끔 보면 키가 큰 성인 남자 정도

되는 표범도 있어. 암컷의 몸길이는 약 120cm 정도로 수컷보다 조금 작은 편이야.

우리가 꼬리가 몸길이의 절반 정도 된다고 했었지? 그래서 꼬리 길이는 100cm 정도 나가는 경우도 있어.

우리의 몸무게는 말이야, 혹시 강호동이라고 아니? 100kg 정도로 크기가 많이 나가는 표범은 강호동보다 무게가 더 많이 나가기도 해.

우리의 수명은 보통 20년에서 최대 25년 정도까지 살 수 있어. 꽤 오래 살지?

그런데 말이야. 우리는 지금 멸종위기종이 되었어. 사람들 말로는 우리가 멸종위기 취약 등급이래. 멸종위기 동물로 분류되는 단계 중 가장 낮은 단계인데 가까운 미래에 우리 표범이 지구상에 완전히 남아 있지 않게 될 수도 있다는 암울한 이야기이지.

우리의 멸종위기 이유를 알고 있니? 모른다면 우리가 천천히 설명해 줄게. 우리의 성격이 은밀하고 행동이 날렵한 탓에 사람들을 해친 적이 있었나 봐. 그 이유로 사람들이 불법적으로 사냥을 하면서 우리를 잡아가더라. 또 사람들이 살 곳을 점점 넓히고 도시를 개발하면서 우리의 서식지는 사라지고 있어. 우리가 나무가 많은 울창한 숲에서 사는 것을 좋아하는데 도시 개발로 인해 우리의 터전이 조금씩 줄어들고 있어. 지구온난화 때문이라고 하던가? 사랑하는 가족들과 친구들이 점점 사라지고 있는 거야.

사람들의 재산 확보나 이익을 얻기 위해 행하는 것들이 우리에게 좋지 못한 결과를 초래하게 돼. 이제는 한국에서 우리를 발견하기 힘들 거야. 1973년 죽음을 맞은 이후 공식적으로 남한에서의 표범은 멸종되었다고 보고 있거든.

너희들은 우리가 이 세상에 존재하지 않는 일이 별거 아니라고 생각할 수 있어. 하지만 한 종족의 동물이 사라지는 게 불쌍하지 않니? 그러니 부디 불법 밀렵을 멈추고 우리의 터전을 보호해 줘. 이게 우리의 마지막 부탁이야. 마지막으로 너희를 믿어보도록 할게! 안녕.

피카츄의 모델,
우는토끼

안녕? 나는 우는토끼라고 해.

주위를 경계할 때 내는 고음의 울음소리에서 유래되었지. 한국에서는 우리를 새앙토끼, 쥐토끼, 생토끼라고도 불러.

종에 따라 약간의 차이가 있지만 우리는 보통 15~30cm의 몸에 뭉툭하고 작은 머리, 그리고 1.5cm로 쥐처럼 짧고 둥근 귀를 가졌어. 우리들은 다리가 2.6cm 정도로 짧아서 다른 토끼들처럼 빠르게 뛰어다니지는 못한단다.

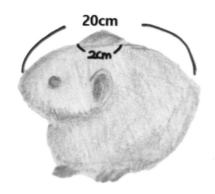

20cm

2cm

그리고 우리들은 보통 유라시아와 북아메리카 북서부의 바위가 많은 산비탈에서 살고 있어. 우리의 폭신폭신한 발로 거친 바위틈에 굴을 파서 생활하고 있어.

서식지에 따라 차이는 있지만 일반적으로 새끼는 보통 1년에 한 번 또는 두 번씩 4~5마리를 낳아 키운단다.

또 우리는 초식성으로 다양한 풀과 줄기를 먹이로 해. 다른 토끼들처럼 앞니로 갉아 먹지.

우리는 겨울잠을 자지 않아서 가을에는 겨울에 먹을 식량을 모으며 생활하지. 이때 모은 식량은 햇빛에 잘 말려 건초로 만들어 저장해놓아. 꽤 지혜롭지?

이런, 내 소개가 너무 길어서 지루한 거 아니지? 그나저나 요즘 들어 주변에서 내 친구들을 보기가 힘들어졌단다. 보통 우리는 추운 곳에서 잘 생활하도록 몸이 적응되어 있어. 그래서 25도의 체온을 유지하지 못하면 생존하기 힘들지.

하지만 현재 지구가 너무 더워지면서 우리의 서식지 온도가 올라

가게 되어 아무 잘못 없는 우리들이 피해를 보게 된 거야. 이 현상을 사람들의 말로, 지구온난화라고 해.

또 이 지구온난화 때문에 우리들의 식량이 줄어들며 우리의 개체 수가 많이 줄게 되었어. 그래서 현재 우리의 예상 개체수는 겨우 천만 마리밖에 안 돼.

이쯤 되면 궁금하지 않니? 왜 우리가 이 지경까지 오게 되었는지 말이야. 그건 바로 이 글을 읽고 있는 너희 같은 사람들 때문이야. 뭐? 아직도 모르겠다고? 그럼 지금 내가 설명해 줄게.

오래전부터 사람들은 발전을 해왔어. 자신들이 더 편리하고 더 나은 삶을 살기 위해서 말이야. 하지만 세상에 공짜는 없는 법이잖아. 사람들은 그렇게 자신들이 더 잘 살기 위해서 자연을 마음대로 훼손하고 더렵혔지. 그에 따라 다양한 생물들이 자신의 서식지와 먹이를 잃고 피해를 보게 된 거야. 우리뿐만 아니라 수많은 동물들이 멸종 위기에 처하게 되었어. 이제 조금 이해가 되지?

세상에는 많은 생물들이 공존하고 있단다. 지금도 여러 이유로 고통받는 친구들이 있을 거야. 모든 생물들이 서로 돕고 배려하며 살면 얼마나 좋겠니? 그러니 제발 이제는 더 이상 피해 보는 친구들이 없도록 너희가 우리를 도와줬으면 좋겠어.

환경을 보호하는 캠페인을 하는 그린피스 단체에 관심을 가져봐. 또는 멸종위기 동물의 서식지를 보전하는 등 나같이 희생을 당하는 동물을 보호하고 있는 세계자연기금(WWF) 같은 기관에 관심을 갖고 기부금을 지원해 주는 것도 도움이 될 수 있어. 앞으로는 나와 다른 동물들이 더이상 이렇게 희생되지 않도록 우리에게 관심을 가져 주면 좋겠어. 그럼 잘 부탁해. 안녕!

링크스,
스라소니

안녕? 내가 누군지 아니?
아마 나를 모르는 친구들도 많을 거야.
내 이름은 스라소니 또는 링크스라고도 해.

너희들은 우리 스라소니에 대해 얼마나 알고 있니? 아마 잘 모르
겠지? 그러면 내가 우리를 소개해 줄게.

우리는 총 4종류가 있어. 붉은 스라소니, 캐나다 스라소니, 스라소
니, 이베리아 스라소니가 있어.

몸통의 길이는 약 90cm이고 꼬리 길이는 약 20cm야. 몸무게는
스라소니 기준으로 수컷은 30kg, 암컷은 25kg이지.

우리의 수명은 11년 정도야. 너희들이 4학년일 때 나는 죽는다는

거지. 뭐, 이것도 지극히 자연스러운 자연의 법칙이겠지.

우리의 눈동자, 일명 홍채의 색깔은 연한 황색이야. 몸에 난 털은 부드럽고 털색은 매우 다양하지만 대부분 연한 갈색이지. 임신 기간은 약 70일이며, 봄에 1~2마리의 새끼를 낳아. 새끼는 눈을 못 뜨고 있다가 생후 10일 후에 눈을 떠서 1년 정도는 어미 곁에서 살아.

아! 또 우리는 평원, 삼림, 사막 등에서 살고 있어. 분포 지역은 한국, 유럽, 튀르키예, 이란, 히말라야, 중국, 시베리아, 사할린, 캄차카 등이 있지.

그리고 무서운 이야기 하나 해줄까? 우리는 살아 있는 생물을 사냥한다는 거야. 하지만 걱정마. 우리들은 배가 고프지 않으면 사냥하지 않거든. 사람과 다르게 말야! 그리고 우리는 야행성이기 때문에 밤에 돌아다니지만 않으면 우리를 만날 일이 없을 테니까. 우리는 낮에 그늘에서 쉬고 있다가 해질 무렵에 토끼, 청서, 들쥐, 영양, 사슴 등을 사냥하지.

그나저나 내가 이 책에서 이야기하고 있다는 것은 우리가 멸종위기 동물이기 때문이겠지? 우리는 멸종위기 동물이야. 인정하고 싶진 않지만 사실이니까 뭐. 멸종위기 동물들 중에서도 등급이 있는데 우리는 그중 관심 등급에 속해 있어. 아직까지 심각한 정도는 아니라고 하지만 이 추세라면 나를 포함한 나의 친구, 가족들이 다 없어지고 말 거라고! 그러니까, 제발 지금부터라도 우릴 위해 노력이라도 해줘.

아, 맞다. 우리가 멸종위기가 된 원인을 설명 안 했구나. 자, 그럼 이제부터 우리가 멸종위기 동물이 된 원인을 설명해 줄게. 먼저 가장 큰 원인은 서식지 파괴야. 사람들이 일회용품을 많이 사용하면서 우리가 살고 있던 서식지가 오염되고 있어.

또 우리는 종종 로드킬을 당하기도 해. 우리가 가끔 길을 잃어 사람들이 몰고 다니는 차가 쌩쌩 달리는 고속도로로 뛰어들 때가 있어. 그 순간 우리는 잘못되고 있다는 걸 알지만 피할 도리가 없어. 로드킬이란, 말 그대로 도로에서 죽음을 당하는 거지.

불법 밀렵도 우리가 멸종되고 있는 데 한 몫을 하는 중이야. 사람들은 우리의 가죽을 얻기 위해 불법 밀렵을 하는 거지. 물론 많은 사람들이 불법 밀렵을 강하게 반대하고 있지만 아직까지 밀렵은 성행하고 있어.

이런 불쌍한 우리들을 위해 조금이라도 도와줄 수 있겠니? 물론 쉬운 일은 아닐 거야. 하지만 너희들의 노력으로 우리가 멸종위기에서 탈출한다면 얼마나 기쁘고 뿌듯하겠니? 난 너희들이 잘 실천해줄 거라 믿고 방법들을 몇 가지 알려줄게.

첫 번째, 지속 가능한 제품 사용하기. 지속 가능한 제품을 사용하면 서식지 파괴를 막을 수 있어. 그럼 우리가 살 수 있는 서식지가 더 많아지겠지.

두 번째, 환경 보호나 동물 보호 관련 캠페인 참여하기. 너희들도 교과서에서 캠페인이 무엇인지 들어봤을 거야. 하지만 캠페인에 실제로 참여해서 적극적으로 돕는 사례는 매우 드물어. 대부분의 사람들은 '나 말고 누군가 하겠지'라는 생각으로 캠페인에 참여하지 않고 있거든. 하지만 생각해 봐. 모든 사람들이 이런 생각을 가지고 있고, 몇몇의 사람들만 캠페인에 참여한다면 누가 그런 사람들의 말을 귀담아 듣겠니? 그렇게 되면 우리 같은 동물들은 모두 없어지고 말 거야. 그러니까 제발 '나 말고 누군가 하겠지'라는 생각을 버리고 함께 힘을 합쳐보자고!

　마지막 방법은 정부의 도움을 받아 우리들을 보호해달라고 하는 거야. 만약 사람들이 정부에게 우리들을 보호해달라고 요구하면 정부는 그 외침을 마냥 무시할 수는 없을 거야. 많은 사람들이 외친다면 더더욱 그럴 거고. 그러니까 비현실적이라고 포기하지 말고 시도라도 해봐. 혹시 알아? 정부에서 그 외침을 들어줄지?

　앗, 이제 나는 떠나야 할 것 같아. 너희들과 나의 만남은 여기서 끝이지만 너희들이 노력한다면 우리는 다시 만날 수 있을 거야. 물론 멸종위기 스라소니가 아닌 멸종위기에서 탈출한 스라소니로 말이야. 우리를 도와줘, 제발! 마지막으로 안녕!

미국의 상징,
흰머리독수리

안녕? 난 흰머리독수리야.

우리에 대해 알고 있니? 우리는 미국의 상징이기도 해. 왜냐고? 우리의 긴 생명과 강인함, 그리고 위풍당당한 외모 때문에 그렇게 불리거든. 벌써부터 우리가 궁금하지 않니? 그럼 이제 우리를 소개해 줄게.

우리는 머리에 흰색 털을 가지고 있고 몸은 갈색이야. 우리는 칼만큼 날카로운 발톱을 가지고 있어. 그리고 키가 70~100cm 정도야. 날개를 폈을 땐 250cm에 이를 만큼 덩치가 커지기도 하지. 그리고 부리는 ㄱ자로 굽어 있어.

    날개를 펄럭이듯이 나는 것이 마치 기류를 타고 글라이더처럼 유유히 나는 것처럼 보이기도 하지. 우리는 북아메리카 지역 중 알래스카에 많이 서식해. 그리고 북아메리카의 연어, 송어, 메기, 청어, 잉어, 뱀장어, 강꼬치고기 같은 몸집이 큰 어류나 무척추동물인 갑각류 조개, 불가사리, 오징어, 문어도 잡아먹어.

    물고기를 사냥할 때는 공중을 맴돌다가 급하강해서 발톱으로 낚아채 얕은 곳에 있는 먹이를 부리로 집어 먹지. 물고기가 너무 큰 경우에는 물에 직접 뛰어들어 발톱으로 제압해. 하지만 우리 몸무게의 절반 이상의 먹이는 들고 날아오르기 어렵기 때문에 그럴 땐 날개로 노를 젓듯이 헤엄쳐 물고기를 강둑이나 해안으로 끌어올리기도 해. 가끔 내 친구들은 이런 방식으로 자기보다 두 배 이상 무거운 물고기도 사냥하지. 대부분은 사냥에 성공하지만 드물게 실패해 저체온증으로 죽는 친구들도 발견되지. 참 안 됐지…. 하지만 이건 우리가 살아가는 아주 자연스러운 방식이라 어쩔 수 없지.

우리 수명은 20~35년 정도야. 가끔은 더 오래 사는 개체가 보이기도 해. 다 자란 개체는 천적이 없지만 어린 개체는 라쿤에게 습격당하지. 그리고 어느 맹금류들이 대부분 그렇듯이 새끼 때는 매나 올빼미의 새끼처럼 귀여움과 어벙함의 중간적인 모습을 보여줘. 강한 새끼에게만 먹이를 준다는 맹금류에 대한 일반적인 인식과 다르게 우리는 보통 먹이가 풍부하면 작은 새끼에게도 공평하게 먹이를 주기도 하지.

그런데 사람들이 20세기 후반부터 가축과 어업 자원이 되는 물고기를 잡아먹었다는 이유로 내 친구들을 마구 죽였어. 우리가 물고기를 잡아먹는다고 우리들을 죽이는 건 너희들이 밥을 먹는다고 죽이는 것과 같아.

또한 도시 개발로 인한 서식지 파괴, 환경오염, 농약과 살충제 등의 약품 사용에 따라 우리의 먹이가 없어져 우리는 지금 멸종위기가 되었어.

그러니 제발 농약, 살충제의 사용을 줄이고 우리가 살 수 있는 환경을 넓혀주면 좋겠어. 정부가 관심을 기울인다면 우리는 멸종위기에서 벗어날 뿐만 아니라 건강한 우리를 보기 위해 많은 사람들이 관심을 보일지도 몰라.

그러니 우리의 가족, 친구들을 보호해 줘. 우리 흰머리 독수리 동족의 멸종을 막을 수 있도록 내 이야기를 전 세계에 널리 알려주길 바랄게. 잘 부탁해! 그럼 안녕.

자유로운 영혼,
푸른바다거북

안녕, 난 푸른바다거북이야.

영어로는 그린터틀(Green turtle)이라고도 불리지. 그 이름은 나에게서 나오는 녹색의 기름에서 유래되었지.

혹시 토끼와 거북이 동화책을 알고 있니? 그 동화책에 나오는 거북이는 느리지만 그와 다르게 우리 바다거북은 다른 거북이들에 비해 빠른 편이지. 수영 선수와 비교해도 거뜬히 이길 정도라니까?

우리는 덩치와 다르게 작은 해조류를 먹어. 그중에서도 우뭇가사리, 다시마 등을 먹지. 이런… 칼로리가 낮은 먹이를 먹음에도 불구하고

우리 몸무게는 90~140kg 정도 나가. 사실 우리 몸무게의 대부분은 가죽과 등껍질로 이루어져 있어. 몸길이는 최대 2m까지 성장한단다.

우리는 옛적에 용궁의 사신으로 대접을 받았는데 지금은 대접은 커녕 멸종위기에 처해 있어. 그 이유가 뭐냐고? 지금부터 설명해 줄게.

멸종 원인으로 여러 가지가 있는데 대표적인 것은 환경 오염으로 인한 서식지 파괴야. 사람들이 자신들의 편의를 위해서 우리 모두가 공존해 살아가고 있는 지구를 괴롭히면서 시작되었지. 그중에서 우리를 가장 힘들게 하는 건 사람들이 무분별하게 버린 썩지 않는 쓰레기야. 그렇게 사람들이 쓰고 버린 쓰레기들은 썩지 않은 채 바다로 흘러가 바다에 사는 여러 해양 동물을 괴롭혀. 그 결과 우리는 멸종위기종이 되었지.

또 우리 거북이들은 낚시 바늘에 찔려 죽는 경우가 있어. 우리가 바늘에 찔려 죽지 않으려면 낚시꾼들이 우리들의 서식지에서 낚시하는 것을 줄여야 해. 낚시꾼들은 낚시를 즐기며 먹을 것을 구하러 왔을 텐데 사람들은 원하는 건 얻지도 못하고 애꿎은 우리들만 죽어 나가고 있어. 너희들이 낚시 제한 구역 같은 걸 만들 수 있게 항의해 줄 수 있을까?

우리가 멸종위기종에서 벗어날 수 있도록 도와줄 수 있겠니? 방법은 우리가 설명해 줄게.

첫째, 무분별한 플라스틱 사용을 줄이는 것이야. 사람들이 플라스틱을 계속 무분별하게 사용해서 버려진 것들이 바다로 넘어오거든. 바다로 넘어온 플라스틱들을 우리가 먹이로 착각해서 먹게 되면 플라스틱이 우리 몸속에 저장이 돼. 가끔은 바다에 떠다니는 플라스틱에 우리 몸이 끼게 돼서 수영을 못하고 떠다니다가 목숨을 잃는단다. 참 안타까운 사실이지?

둘째, 방사능 사용을 줄이는 것이야. 방사능은 정확히 전자기파나 입자의 형태로 에너지를 방출하는 물질의 성질을 말해. 방사능을 처리하는 과정에서 바다로 버리게 된다면 방사능이 바닷물을 타고 흘러 해양 동물을 오염시키게 돼. 사람은 오염된 해양 동물을 먹게 되는 것이고. 즉 사람들이 버린 것은 우리들뿐만 아니라 버린 사람들에게도 피해가 가게 되지. 방사능 물질을 버리지 않는 것이 가장 좋

겠지만 어쩔 수 없이 방사능이 발생하게 된다면 방사능 물질을 정화시키는 것도 좋은 해결 방법이지.

셋째, 불법 포획을 줄여줘. 여러 나라 사람들의 불법 포획자들이 약이나 식용으로 우리를 잡아가거나 등껍질이 아름다워 그것을 판매하기 위해 우리를 죽이기도 하거든. 우리를 잡는 것은 불법이지만 몇몇의 불법 포획자들은 그것을 무시하고 우리의 목숨을 가차 없이 빼앗아버려. 불법 포획을 줄이려면 우리들을 몰래 잡다가 걸렸을 때 받는 벌의 강도를 더 높이면 지금보다 나아지지 않을까?

이처럼 지금 이 순간에도 이 세상 어디에서 내 친구들은 죽어가고 있단다. 우리 모두가 함께 힘을 모아 노력한다면 우리의 모습을 좀 더 오래 볼 수 있을 거야. 오늘 내가 한 이야기들을 멀리 퍼뜨려줬으면 좋겠어. 이제는 내 이야기를 끝내야 하는 시간이야. 이야기 들어줘서 정말 고마워. 안녕!

사막의 조용한 발소리,
사막여우

안녕? 난 사막여우라고 해.

내 이름 많이 들어봤지? 나는 전갈 따위를 비롯한 사막 곤충이나 도마뱀같이 파충류와 쥐처럼 작은 동물들을 먹으며 거칠고 건조한 사막의 모래에서 살아가고 있어.

혹시 우리 특징을 알고 있니? 우리는 매우 큰 귀를 가졌다는 거야. 우리의 큰 귀는 정말 중요한 역할을 담당하고 있어. 우리가 체온을 잘 조절하도록 도와주기 때문이야. 이 무더운 사막에서는 체온 조절이 필수거든. 이때 우리 귀는 체온을 낮추는 데 도움을 줘. 어떻게 체온을 조절하냐고? 귀에 있는 혈관이 자유롭게 팽창하거나 수축할 수 있기 때문이야.

그리고 우리의 발을 자세히 본 사람들이 있을지 모르겠다. 우리의 발은 털이 여러 겹으로 되어 있기 때문에 햇빛에 뜨거워진 모래에도 화상을 입지 않게 도와줘. 그래서 이 더운 사막에서도 우리는 잘 버틸 수 있는 거야.

아참! 우리는 야행성이라 아침엔 잘 보이지 않지만 밤이 되면 서서히 활동하기 시작해서 곤충이나 도마뱀을 휙 낚아채며 잡아먹어. 이 과정에서 우리는 충분한 영양분과 수분을 섭취하기 때문에 물을 따로 마시지 않아도 잘 살아갈 수 있단다. 그러다가 아침이 밝아오면 밤에 자지 못한 잠을 충분히 자서 부족한 잠을 보충해.

우리가 가지고 있는 털의 색깔은 사막의 모래 색과 비슷하기 때문에 위장술에 능해. 덕분에 먹이에게 접근하기 유리하지. 또한 우리의 털로 모래 속에 숨으면 독수리와 같은 천적을 쉽게 피할 수 있어. 이게 바로 우리가 더운 사막 속에서 살아가는 방식이야.

하지만 우리가 이렇게 잘 살아간다 하더라도 우리의 수명은 고작 10년 정도밖에 되지 않아.

사람의 수명은 약 100년 정도
라는데 우리는 왜 이렇게 짧게
사는 걸까? 더군다나 사람들이
우리의 가죽을 노리고 가죽을 팔기
위해 우리의 터전을 침범하기도 해.
그저 자신들의 이익을 위해 말이야.
그래서 우리의 수명보다 훨씬 더 짧게
사는 경우도 더러 있어.

　옛날 사냥 기록을 보면 사람들이 우리를
무자비하게 사냥했다는 것을 알 수 있어. 가죽을
팔기 위해, 애완용으로 기르기 위해 사냥을 했겠지? 너희는 살을 뜯
기는 아픔을 알고 있으려나? 사람들이 우리의 살을 마취도 없이 뜯
을 때 그 아픔은 말로 표현할 수 없을 정도로 너무 고통스러워. 만약
우리가 반항을 하면 사람들은 우리를 죽여 끝끝내 가죽을 얻고 말지.

　아, 그래! 요즘에는 동물원이라는 곳에서 우리를 강제로 번식시키
기도 해. 동물원에서 생활하던 우리가 늙어버리면 인기가 없다는 이
유로 어둡고 습한 곳에 방치하기도 한다고. 한마디로 죽음과 구속의
무한 굴레 속에서 살게 되는 거야. 요즘 동물원이 관리가 좋다고 하
지만, 너희가 좁은 감옥에 갇혀 다른 사람들의 구경거리가 된다면 어
떨 것 같아? 이렇게 우리는 처참하게 살아가다 죽음을 맞이하게 되
는 경우가 대부분이란다.

　우리는 이런 방식으로 점점 멸종이 되어가고 있어. 우리가 멸종위
기 동물에서 탈출할 수 있도록 도와주면 좋겠어.

우선 우리의 서식지를 보호하고 친환경 제품을 사용해 줘. 서식지를 파괴하지 않는 친환경 제품을 선택하여 소비하는 거야! 예를 들어 지속가능한 농업 및 임업 제품을 구매하여 서식지 파괴를 줄일 수 있어.

또한 소셜 미디어나 온라인 플랫폼을 통해 멸종위기 동물에 대한 인식을 높이고 보호 캠페인에 참여하거나 기부하는 방법도 있단다. 조금만 관심을 가지면 기여할 수 있는 노력들이 많다는 것을 알 수 있을 거야. 너희들의 작은 실천이 우리에게는 큰 변화를 일으킬 수 있어. 꼭 우리들이 멸종위기에서 벗어날 수 있도록 해줘! 그럼 안녕.

호랑이 대표 주자,
벵갈호랑이

안녕? 나는 벵갈호랑이라고 해.

　다르게는 인도호랑이라고도 불려. 뭐? 호랑이는 들어봤어도 우리 이름은 처음 들어본다고? 그럼 내가 우리 벵갈호랑이에 대해 자세히 설명해 줄게.

　먼저 벵갈호랑이라는 이름이 무슨 의미인지 알려줄게. 벵갈이란 라틴어로 아시아표범고양이라는 뜻이야. 즉, 우리의 서식지 대부분은 아시아라는 거지. 우리가 살고 있는 곳을 더 자세히 말하자면 네팔, 인도, 방글라데시, 순다르반스 등에 살고 있어.

우리 몸길이는 약 3m야. 몸무게는 적게는 100kg, 많게는 300kg 정도 나가지. 신기한 이야기를 해줄게. 원래는 시베리아호랑이의 덩치가 컸는데 지금은 덩치가 줄어들었다고 하더라. 현재는 우리가 가장 큰 호랑이 종이 되었어.

그리고 우리는 15년 정도 살아. 너희들이 중학교 2학년 때 우리가 죽는다는 거지. 이런 게 바로 자연의 법칙이라는 거야. 그러니까 우리를 보지 못해 너무 슬퍼할 필요는 없어.

또 우리는 멧돼지나 사슴, 토끼 등을 잡아먹어. 하지만 사람들처럼 마구잡이로 잡아먹지는 않는다고! 사람들은 배가 고프지 않아도 동물들을 마구잡이로 사냥하니까. 자, 우리에 대한 소개는 여기까지야.

내가 이 책에서 너희들과 이야기하고 있다는 건 우리가 멸종위기 동물이기 때문이겠지? 뭐라고? 우리가 멸종위기종이 된 이유가 궁금하다고? 좋아, 그럼 내가 설명해 주지.

쉽게 말해 우리가 멸종 위기가 된 원인은 바로 사람들 때문이야! 사람들이 우리가 살고 있는 곳에 있는 수많은 자원들을 얻기 위해 마구잡이로 우리의 서식지를 파괴하고 오염시키고 있어. 사람들 입장에서는 어떤 수단을 쓰더라도 자원을 얻고 싶겠지만 그래도 이건 아니잖아! 사람들은 아직도 잘 몰라. 이렇게 마구잡이로 생태계를 파괴하면 결국 언젠가는 사람들도 우리처럼 멸종될 수 있다는 것을.

물론 사람들도 이런 행동을 언젠간 후회하겠지. 하지만 그때 가서 후회하면 뭐가 달라지니? 지금부터 달라져야만 미래를 바꿀 수 있어. 어때? 너희들 지금부터라도 환경 보호를 하고 싶은 욕구가 마구마구 솟아오르지 않니? 자, 나는 너희들이 잘할 수 있을 거라 믿고 지금부터 우리를 구할 수 있는 방법을 알려줄게.

그것은 바로 캠페인이야! 뭐? 고작 캠페인이 우리들을 보호할 수 있겠냐고? 물론이지. 캠페인은 정말 신비로운 일이거든. 몇 안 되는 사람들이 시작하더라도 나중에는 수많은 사람들이 참여하게 되거든. 그게 바로 캠페인이야. 시작은 미약할지 몰라도 몇몇 사람들이 꾸준히 노력하다 보면 희망은 커지고, 기적이 일어날 수도 있어. 어때? 내 이야기를 들으니까 캠페인이 더이상 헛된 것이 아니라는 생각이 들지?

그런데 이런 캠페인도 '나 말고 다른 사람들이 참여하겠지.'라는 생각을 가지고 있으면 성과를 얻을 수 없어. 그러니 꼭 캠페인에 참여해 줘. 부탁이야.

멸종 위기 벵갈호랑이가 아닌 늠름하고 멋진 벵갈호랑이로 만나는 날까지 응원할게. 자, 이제 안녕!

우는토끼 친구,
일리피카

안녕? 난 일리피카야.

우리는 일리우는토끼로도 불리는 귀염둥이들이지. 피카츄의 실사 판이라고 불리고도 있어. 우리 외모가 피카츄와 닮았기 때문이야. 그리고 우는토끼과에 속하기 때문에 우는토끼와도 생김새가 비슷해. 그치만 우리가 더 귀엽지! 우리는 세계에서 가장 희귀한 포유류이기도 해. 그럼 이제 나를 본격적으로 소개해 볼게.

우리는 우는토끼과에 속해 있는 포유류의 일종이야. 몸길이는 약 20cm 정도로 작은 몸집을 가졌고 그에 비해 큰 귀가 있어. 작은 몸집을 가져서인지 몸무게도 240g 정도밖에 나가지 않아. 어때, 우리 정말 가볍지?

몸 전체는 회갈색의 털로 덮여 있으며 갈색 반점들을 띠고 있어. 우리는 뭉뚝하고 작은 머리에 짧고 둥근 귀가 달려 있으며 둥그스름한 몸에 짧은 네 발을 가졌어. 털은 길고 촘촘하게 나 있고 부드럽고 가늘어. 발바닥은 털로 덮여 있고, 꼬리는 털 속에 가려 잘 보이지 않아. 그리고 포켓몬스터에 등장하는 가상 생명체인 피카츄의 실제 모델이라고 하더라?

우리가 처음에 세상에 알려진 것은 언제일까? 바로 1983년 중국 정부가 생태연구를 위해 신장에 파견한 리웨이둥에 의해 발견되어졌다고 해. 그렇지만 2014년까지 우리는 다시 기록되지 않았기 때문에 많은 야생 동물 전문가들은 우리가 멸종되었다고 믿고 있었지. 우리가 중국 산의 외딴 지역에서 발견되기 전까지 말이야.

우리는 원래 해발 3200m 정도에서 발견되지만 현재 지구온난화의 영향으로 기온이 상승하자 4000m가 넘는 고지대에서 발견되고 있어. 우리는 환경 변화에 상당히 예민하단다. 너희들도 어색한 환경에서는 잘 못 살잖아. 우리도 마찬가지야.

우리는 귀여운 매력을 갖고 있는 소중한 동물이지만 멸종위기 동물에 포함된단다. 사람들은 우리가 멸종된 줄 알았지만 20년 만에 다시 보이기 시작했어. 1990년대 약 2천 마리가 사는 것으로 추정됐는데 이후 목초지 감소와 대기 오염 등의 영향으로 개체가 줄어든 것으로 보고 있지. 현재 예상 개체수는 약 천 마리 정도밖에 되지 않아. 절반으로 줄어버린 거야.

사람들의 무분별한 포획과 환경 파괴로 인해 우리가 점점 사라지고 있어. 구체적으로 설명해 줄게.

사람들은 우리가 귀엽다는 이유로 불법 거래를 하고 있거든. 해외에서도 밀렵꾼의 타격이 되어 희귀종인 우리들을 비싼 값에 거래하기도 한대. 주변에서 친구들이 잡혀가는 것을 보면 마음이 너무 아파.

또한 환경 오염으로 달라진 환경에서 적응하는 것은 너무 힘들어. 내셔널지오그래픽 기자인 캐리 아놀드는 "가축의 방목 압력과 대기 오염으로 인해 개체수가 감소했을 것이다."라는 말도 했어. 환경 오염이 점점 심해져 풀, 나무들이 없어지고 있어.
지구는 점차 뜨거워지고 우리가 선선한 곳
에서 살기 위해 위로 올라가서 살아야 해.
우리는 깨끗한 환경을 원한다고!

지금이라도 우리뿐만 아니라 다른 멸종위기 동물들도 함께 지켜
줬으면 해. 우리만 괴로운 것은 아니니까 말이야. 내가 멸종위기 동
물들을 지키는 방법을 알려줄게.

불법 거래와 서식지 파괴로 생물들이 살아가기 힘든 환경을 바꾸
기 위해 인식 개선을 위한 캠페인에 참여하는 거야. 그리고 인터넷에
우리 이야기들을 올려서 함께 노력하자고 독려해 주면 어떨까? 너희
들 혹시 나비효과가 무엇인지 알고 있어? 나비효과는 "나비의 날갯
짓 한 번에 태풍을 일으킬 수 있다."를 비유하는 표현이야. 한 명 한
명의 도움이 큰 변화를 가져다줄지 누가 알겠어! 그러니 분리수거,
일회용품 사용 줄이기, 바다에 쓰레기 버리지 않기 등 작은 일부터
하나씩 실천해 줬으면 좋겠어.

너희들이 책임을 지고 꼭 지켜주길 바랄게.
나도 우리도 모두 힘든 하루를 버텨내고 있어.
다시는 내 눈앞에 친구들이 사라지지 않도록
도와줘! 항상 지켜볼 거라고! 그러니 잘 부탁해.
안녕.

반전 매력의 포식자,
수달

안녕? 나는 수달이야.

　너희들에게 하고 싶은 말이 있어서 왔어. 일단 내 소개부터 할게.
우리 몸무게는 8~12kg, 몸통 길이는 65~70cm 정도야. 꼬리 길이
가 무려 40~50cm까지나 된다고. 굉장히 길지?

　우리는 목 아래와 머리의 양쪽이 회색이고 귀 끝은 연한 빛깔이야.
꼬리는 둥글며 끝으로 갈수록 가늘어져. 네 다리는 짧고 발가락은 발
톱까지 물갈퀴로 되어 있어. 그래서 헤엄치기 편리하지.
　그리고 우리는 족제비과의 포유류야. 이제 우리가 어떻게 사냥하고

무엇을 먹는지 알려줄게. 우리는 홀로 생활하다 가족이 생기면 단체 생활을 해. 주로 물고기, 어류, 개구리, 꽃게, 갑각류, 오징어 등을 먹어. 우리가 서식하는 강, 계곡, 호수에서 수중 생활을 하며 먹이들을 사냥하는 거지. 아참, 우리는 마냥 귀엽지만 않아. 왜냐하면 우린 한국 민물 생태계에서 최상위 포식자 중 하나이기 때문이야. 귀여운 외모지만 최상위 포식자라니 신기하지?

아차! 이제 내가 이 글을 쓴 본론을 말해 볼게. 너희들도 알고 있겠지만 우리는 지금 멸종위기 동물이거든. 사람들도 심각성을 느꼈는지 우리는 1급 천연기념물로 지정되어 있어. 고작 몇십 년, 아니다 몇 년만 지나도 난 사라질지도 몰라.

그런데 우리가 왜 멸종위기 동물인지는 알고 있어? 우리는 원래 깨끗한 물에서 서식하는데 지금 수질이 굉장히 오염되고 있어. 너희들이 물에 쓰레기와 화학물질을 버려서 물을 더럽히기 때문이야.

그리고 먹이 부족도 심각한 문제 중 하나야. 깨끗한 물속에 사는 물고기, 갑각류, 조류, 연체동물, 곤충들도 물이 오염되며 점점 사라지고 있거든. 이 먹이들이 다 사라지면 우리 개체수는 계속 줄어들 수밖에 없어.

마지막으로 불법 사냥이 있어. 우리 수달의 모피는 높은 가격에 거래되고 있어 많은 사람들이 불법 사냥을 하며 우리 목숨을 끊고 있어. 주변 친구들이 불법 사냥으로 끌려갔다는 이야기를 전달받을 때마다 속이 상해 죽겠어.

이런 우리들을 도와줄 방법을 같이 알아보자! 너희들 '수달 후원 팔찌' 알고 있어? 이 팔찌를 사면 판매 금액의 10%는 우리에게 기부해 준대. 1석 2조지. 한번 사보는 것을 추천 할게. 또 수질 오염을 적극적으로 해결하도록 노력해 주면 좋겠어. 만약 쓰레기를 물에 함부로 버리거나 오염시키는 사람들을 보면 "안 돼. 쓰레기를 아무데나 버리지 마."라고 해줄 수 있겠어? 그러면 우리를 조금이라도 지킬 수 있어!

마지막으로 불법 사냥과 수집을 엄격히 단속해야 해. 지금처럼 불법 사냥을 아무 생각 없이 하는 사람들도 크나큰 책임을 느낄 수 있도록 제도적으로 정비할 필요가 있어.

우리가 멸종되지 않도록 도와줄 수 있겠어? 우리는 매일 힘들게 생활하고 있어. 우리를 보호하기 위해 노력한다면 사람들도 덩달아 깨끗한 환경에 있을 수 있고 다른 동물들도 피해를 보는 일이 줄어들 거야. 모두가 깨끗한 환경에서 행복하게 살면 좋겠어. 함께 노력해 주기를 바라. 안녕.

양비둘기

안녕? 난 양비둘기라고 해.

비둘기라고 하면 주변에서 자주 볼 수 있는 집비둘기가 생각나지? 하지만 우리는 집비둘기와 다르게 멸종위기 2급 양비둘기라고.

사실 우리의 생김새는 청회색의 목과 흰색 몸통, 짙은 회색의 머리로 집비둘기와 별반 차이가 없어. 자세히 보면 우리의 꼬리 끝 쪽의 흰색과 검은색의 배열, 꼬리와 등 사이의 흰 부분이 집비둘기와 다른 점이야. 그래서 두 가지로 집비둘기와 구분을 하지.

그리고 우리는 해안의
바위 절벽이나 내륙의 바위산,
낭떠러지, 다리 교각 등에서
번식을 해. 한국에서는 제주도,
거제도에서 서식하고 있지. 그래서
가끔 사람들이 우리를 굴비둘기라고도
불러.

또 우리들은 곡물, 낟알 등을 먹으면서 살아. 수명은 평균적으로
10~20년 정도로 비둘기 중에서 꽤 긴 편이라고.

그런데 이런 우리가 왜 멸종위기에 처하게 되
었냐고? 사실 우리는 1900년대만 해도 개체
수가 매우 많았어. 하지만 집비둘기들이 우
리나라에 자리잡은 이후 우리는 집비둘기와
의 경쟁에서 밀려났고 결국 멸종위기종이 되
었지. 몇몇 양비둘기는 집비둘기와 짝짓기를 하는 바람에 잡종이 많
이 생겼어. 그렇게 우리들은 개체수가 줄게 되었어.

또한 사람들이 우리의 서식지인 산과 바위들을 마구잡이로 깎고 공
장을 지으며 토양을 오염시켰어. 심지어 아무데나 돌아다니는 우리가
더럽다는 이유로 주변에서 내쫓고 다치게 하기도 했단다. 우리는 그
렇게 개체수가 줄어들어 갔고 결국 우리는 멸종위기 동물이 되었어.

하지만 지금이라도 늦지 않았어. 우리가 더이상 피해 보지 않도록 너
희가 도와주었으면 해. 그 방법을 몇 가지 설명해 줄 테니까 잘 들어줘.

첫째, 주변 친구들에게 나에 대해 알리는 거야. 혹여나 밖에서 나

를 보았을 때 멸종위기 동물이라는 것을 알게 되면 우리에게 피해를 주지 않을 수 있어.

둘째, 지역 농작물을 사는 거야. 지역 농작물을 사면 지역을 오고 가면서 생기던 탄소 배출량이 줄어들면서 우리뿐만 아니라 비슷한 처지에 처한 동물들의 서식지도 구할 수 있지.

마지막으로, 야생동물보호단체에 가입하는 거야. 그럼 단체에서 우리를 보호하는 데 더 힘쓸 수 있단다.

이렇게 너희들이 쉽고 간단한 일로도 나와 수많은 멸종위기 동물의 생명을 구할 수 있어. 그러니 앞으로는 내가 알려준 방법들을 잘 실천해서 더이상 피해 보는 동물들이 없도록 노력해 주길 바랄게. 안녕!

북극의 지킴이,
북극곰

안녕? 난 북극곰이야.

흔히 백곰, 얼음곰이라고 불리지. 또 뽀로로에 나온 포비도 북극곰이
야! 나에게는 힘센 아빠, 물고기를 잘 잡는 엄마, 그리고 든든한 형이
있어. 그래서 난 우리 가족이 정말 좋아. 그럼 지금부터 우리 가족들
에 대해 설명해 줄게.

먼저 우리의 몸길이는 170~250cm, 몸무게는 150~650kg 정도
나가. 사람들처럼 보통 암컷이 수컷보다 작은 편이지. 그리고 우리는
다른 곰들보다 머리가 작고 목이 길어. 귀는 작고 둥근 편이지. 또 발바

닥에는 털이 있어 얼음 위를 걸어 다니기 적절한 신체 구조를 가졌어.

그나저나 너희들은 우리가 어떻게 북극의 추운 날씨를 버티는지 알고 있어? 바로 우리 몸에 있는 이중구조의 털 때문이야. 더 자세히 설명하자면 바깥 털은 길고 질겨 북극의 차가운 공기에 맞서 체온 유지를 도와줘. 또 안쪽 털은 방수 기능과 체온 유지, 피부 보호 역할을 해. 그래서 우리는 이런 추운 환경에서도 잘 버틸 수가 있지. 아, 맞다! 우리의 털색은 어릴 때 하얀색인데 성장을 하면서 황백색으로 변해!

그리고 우리는 보통 해빙을 타고 다니면서 물범을 사냥해. 왜냐고? 우리는 수영을 할 수 있긴 하지만 오래 하지는 못해서 어쩔 수 없이 해빙을 타고 물범을 사냥하지. 그런데 북극의 빙하 면적이 최근 20년간 50%나 감소해서 사냥하기가 어려워졌어.

그럼 이제 우리가 왜 멸종위기종이 되었는지 설명해야 할 차례인 것 같아. 우리를 위험에 빠뜨린 가장 큰 이유는 지구온난화야. 지구온난화로 지구가 더워지면서 빙하가 녹기 시작했어. 그로 인해 우리는 사냥, 번식을 제대로 할 수 없는 위기에 처해 있단다.

또한 우리를 불법 사냥하는 사람들 때문에 우리의 개체수가 계속 줄어들고 있어. 실제 러시아 시베리아 지역에 북극곰 한 마리가 총상을 입고 탈진한 상태로 발견되었다고 해. 정말 슬픈 일이야.

설상가상 플라스틱 문제도 우리를 괴롭히고 있어. 우리가 죽고 난 후에 우리 몸속을 확인해 보면 플라스틱이 나온다고. 왜 그럴까? 사람들이 무심코 바다에 버린 플라스틱을 우리는 먹이인 줄 알고 먹어버렸거든.

마지막으로 사람들은 우리를 잡아서 동물원 같은 작은 공간에서 가둬 놓고 키우며 사람들의 구경거리로 만들어 스트레스를 받게 해.

이런 일들로 인해 우리는 계속해서 살아갈 수가 없어. 그럼 지금부터 우리를 도와줄 수 있는 방법을 알려줄 테니 관심 있게 봐줄래?

첫 번째, 후원이야. 후원할 수 있는 곳으로 WWF Korea가 있어. WWF Korea는 한국 세계자연기금 중 하나야. 그 기관에서 대중 인식 제고, 기업 임직원 환경 교육, 자연 보호 활동들을 하며 나뿐만이 아닌 다른 멸종위기종들이 개체수를 늘리는 데 큰 도움을 줘.

두 번째, 자원을 절약해 줘.
혹시 투발루라는 섬을 아니?
투발루는 전 세계에서 가장
빨라지고 있는 위기에 처한
섬이야. 투발루뿐만 아니라
다른 섬들도 지금 계속 잠기
고 있어. 이 물들은 대륙들의

빙하가 녹아서 투발루까지 오게 되었지. 이런 상황이 계속 일어나면 우리는 물론이고 섬에 사는 사람들도 위기에 처할 게 뻔해. 그래서 일상생활에서 자원을 절약해 하루빨리 지구온난화를 막을 필요가 있어. 예를 들어 출퇴근 시간에 카풀 이용하기, 자전거 타고 출근하기, 재활용할 수 있는 것은 분리 배출하여 재활용하기, 리사이클링 실천하기, 동물성 제품 소비 줄이기 등이 있어.

마지막으로 동물 실험과 불법 밀렵을 멈춰줘. 우리를 대상으로 실험하는 것은 사람에게도 위험할 수 있어. 아무리 동물들이 말을 못하고 반항을 잘하지 못해도 사람들과 똑같이 고통을 느낀다고. 눈앞에 있는 이익만 보지 말고 지구 전체를 생각해서라도 그런 행동은 하지 않았으면 좋겠어.

　책임감 있는 행동으로 지구도 지키고 우리도 지켜주기를 간절하게 바랄게. 난 우리 가족이랑 헤어지기 싫어. 제발 우리 가족들과 헤어지지 않게 도와줘. 우리 북극곰을 위해 노력해 줄 거지?

북극의 공주,
북극여우

안녕? 난 북극여우야.

우리가 사막여우와 비슷하게 생겼지? 사막여우와 생긴 건 비슷하지만 습성이나 사는 곳 등 다른 점이 훨씬 많아. 지금부터 나와 우리 북극여우들에 대해 자세히 알려줄게.

먼저 우리의 서식지에 대해 알려줄게. 우린 주로 북극의 툰드라 지방, 시베리아, 알래스카, 캐나다, 아이슬란드 등 추운 지역에서 폭넓게 거주 중이야. 우리가 사는 지역에 와 봐! 엄청 추워서 덜덜 떨게 될걸? 하지만 최근 지구온난화 때문에 우리가 사는 지역의 해빙들이 녹고 있어. 흠 내 기분 탓인 걸까? 요즘 먹이도 잘 잡히지 않고 문제가 많은 것 같아.

그나저나 너희 혹시 우리의 생김새가 어떻게 생겼는지 아니? 다들 북극여우를 떠올리면 하얀 털을 상상하겠지? 맞아. 우리는 새하얀 털을 가지고 있어. 뒤에서 설명해 주겠지만 우리는 계절에 따라 털의 색이 달라지기도 해. 그리고 우리의 귀여운 귀는 열 손실을 최대한 막기 위해 작게 생겼어.

또 우리는 육식성 동물이야. 주로 먹는 먹이로는 레밍, 해양 포유류, 무척추동물, 조류 등이야. 레밍이 어떤 동물인지 모르겠다고? 레밍은 쉽게 말해 쥐과의 포유류야. 가끔 먹이를 구하기 어렵다면 북극곰이나 늑대들을 졸졸 따라 다니다가 그들이 먹고 남긴 먹이들을 먹기도 해. 추운 겨울을 대비해 고기를 숨겨놨다가 필요할 때 꺼내 먹기도 하고. 생각보다 철저하지? 이게 우리가 살아남는 방식이야.

우리의 몸길이는 50~60cm 정도이고 꼬리 길이는 25cm 정도로 닥스훈트 개와 비슷한 크기라 생각하면 될 것 같아. 몸무게는 2~10kg으로 엄청 작아.

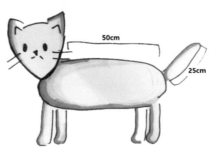

아! 맞다. 우리의 털가죽은 매우 뛰어난 역할을 해. 북극의 기온이 영하 70도까지 내려가도 몸을 떨

지 않을 정도의 성능을 지녔어. 엄청나지?

우리 몸에는 빛깔도 있어. 앞에서 잠깐 말했던 이야기지만 몸에 나는 빛깔은 여름에는 짙은 회색빛을 띠고, 겨울에는 흰색으로 변한단다. 털 색깔이 변하는 이유는 환경에 따라 적응하기 위해서야. 겨울에는 주로 눈이 많은 지역으로 변하기 때문에 우리 털도 함께 흰색으로 변하는 거지. 그러나 서식지에 따라 흰 털로 변하지 않고 청회색을 그대로 유지하는 경우도 있어.

이제 우리가 사랑받는 이유를 이야기해 볼게! 우린 너희가 흔히 아는 사모예드 개와 매우 비슷한 생김새를 가지고 있어. 엄청 귀엽게 생겼다는 걸 짐작할 수 있겠지?

우리는 비교적 길들이기 쉬운 종에 속해 사람들과 함께 있는 모습을 많이 볼 수 있었을 거야. 내가 알기론 인터넷에 검색만 해도 사람들과 우리가 함께 있는 모습을 관찰할 수 있어.

맞다! 너희들은 혹시 우리가 멸종위기 동물이라는 것을 알고 있어? 우리는 관심 필요 등급이야. 남은 개체수는 약 2만 2천 마리 정도라고 해. 여기서 개체수가 더 줄어든다는 것은 너무 끔찍한 일이야.

우리를 구하는 방법을 알려줄 테니 잘 실천하도록 해봐! 우리는 해빙이 녹아 멸종위기종이 되었기 때문에 지구온난화가 일어나지 않게 신경을 써야 해. 평소 에어컨 사용을 줄이고 분리수거를 열심히 해주는 것만으로도 우리가 살아가는 데 큰 도움이 될 수 있단다. 다들 실천하고자 하는 마음이 있다고 믿어. 앗, 내 친구들이 다른 곳으로 먼저 이동 중이네. 그럼 나중에 우리 또 만나자!

망치머리,
귀상어

안녕, 나는 귀상어야.

머리가 망치와 비슷한 모습을 하고 있어서 망치상어라고도 불리지. 우리를 잘 모르는 친구들이 있을 수 있으니 내가 대신 설명해 줄게.

우리 몸길이는 보통 1.5~6m이고 몸무게는 약 230~350kg 정도야. 또 우리는 망치와 비슷하게 생긴 머리의 양쪽 끝에 눈이 달려 있단다. 피부색은 종류에 따라 조금씩 다르지만 대부분 회색 또는 갈색이며, 배 부분은 흰색이야.

또 우리는 등, 가슴, 배, 꼬리에 지느러미가 있어 빠르게 수영도 할 수 있지. 바닥을 스캐닝하면서 먹이를 찾고 전기 감지 기관을 통해 먹이를 놓치지 않고 끝까지 쫓아 사냥하지.

우리는 주로 물고기, 갑각류, 오징어를 먹으면서 지내. 우리가 주로 따뜻한 온대지역의 바다에서 생활하기 때문이야.

그나저나 우리 머리 모양이 왜 이런지 궁금하지 않아? 우리 머리 양쪽 끝부분에 눈이 달려 있다고 이야기했잖아. 튀어나온 머리 부분에 눈이 달려 있으면 어떻겠어? 덕분에 우리는 주변 360도를 다 볼 수 있다는 말씀! 그 외에도 수압의 변화와 다른 생물들의 전류를 잘 감지해서 먹이도 손쉽게 찾을 수 있다고!

자, 이제 나에 대해 조금 알게 되었지? 그나저나 내가 이 책에 나온 이유는 우리가 멸종위기 동물이기 때문이야. 우리가 왜 멸종위기 동물이냐고? 우리 지느러미는 쫄깃하고 부드러운 식감을 가지고 있어서 많은 사람들이 우리 지느러미를 얻기 위해 우리를 마구잡이로 사냥했어. 그리고 우리를 잡아서 팔기 위해 마음대로 포획하기도 했지. 사람들은 필요한 지느러미만 자르고 다시 깊은 바다 속으로 우리를 던져버리는 경우도 많아. 그렇게 지느러미가 없는 우리들은 수영 기

능을 상실해버려 결국 고통스럽게 죽게 되지.

또 사람들이 자연 개발의 이유로 우리들의 서식지를 마음대로 파괴하여서 우리가 살아갈 곳이 점점 사라지고 있어.

하지만 아직 너희들이 우리를 도와줄 수 있어. 우리를 도와줄 수 있는 방법이 뭐냐고?

첫 번째, 어획 규제야. 어획 규제는 상어잡이를 제한하고, 포획 금지 기간을 설정하여 개체수를 늘리는 거지. 쉽게 금어기라고 하지.

두 번째, 보호구역 설정이야. 보호구역 설정은 상어의 서식지를 보호하는 해양 보호구역을 만들어 안전한 서식 환경을 제공하는 거야.

세 번째, 대중 인식 개선이야. 망치상어의 중요성과 멸종 위기의 심각성과 문제를 알리는 캠페인을 통해 사람들의 인식을 개선하고 소비자의 행동을 변화시키는 것이지. 예를 들어, '상어는 식인을 한다'라는 부정적인 인식을 '상어는 바다의 죽은 동물을 먹는 고마운 청소부다'라고 긍정적인 관점으로 변화시키는 것처럼 말이야. 그 외에도 평소 우리에 대해 관심을 갖고 그것을 주제로 캠페인 활동을 하며 우리를 구해 줄 수도 있어.

이 책이 그리고 우리의 이야기가 널리 퍼지게 된다면 많은 사람들이 우리의 문제에 관심을 가져주지 않을까? 그렇게 되면 정말 고마울 것 같아. 그럼 이만 안녕. 나중에 내 친구들이 많아지게 될 때 다시 만나자!

한국에만 서식하는
고라니

안녕? 나는 고라니야.

다른 이름으로 보노루, 복작노루라고 불리지. 왜냐하면 일제강점기
와 6.25 전쟁 전후까지만 해도 보노루란 말이 널리 쓰였고, 고라니는
일부 지방에서만 쓰이는 방언이었거든. 그럼 우리 소개를 먼저 해볼게.

우리는 사슴과에 속해. 주로 초식성이라 풀, 나뭇잎, 나무 등을 먹
고 먹이가 많은 산기슭, 들판, 산에서 살아.
우리는 주로 새벽에 나와 해질녘에 가장 많이 활동을 하는 야행성
동물이지. 암컷과 수컷 모두 뿔은 없지만 송곳니가 있고 수컷의 송곳

니는 입 밖으로 나와 있어. 우리의 송곳니는 적을 대항하고 나무뿌리를 캐는 용도로 써. 송곳니 길이만 무려 6cm라고!

그리고 우리는 대한민국에서 살아. 다른 나라에는 많이 없는 멸종 위기 동물이기도 하지. 우리가 한국에 살기 좋은 이유는 우리를 위협하는 호랑이나 표범, 늑대 등이 절멸했기 때문이야. 그들은 왜 절멸했을까?

호랑이는 일제강점기 때 무분별한 호랑이 사냥으로 수가 급감하였고, 6.25 당시 빈곤에 빠진 사람들이 돈을 벌기 위해 맹수 사냥을 하였기 때문이지. 늑대들도 사람들의 환경 오염으로 피해를 보게 되었어.

또 우리가 멸종위기종이 된 이유가 몇 가지 있어. 우리가 농작물을 많이 망쳐놓는 바람에 농사가 힘들었어. 그래서 사람들은 우리를 못 들어오게 위협하고 막았지. 가끔은 사람들이 우리를 죽이는 경우도 있었단다. 사람들로 인해 다리가 부러져 걸음이 느려지면 주변 들개들한테 사냥을 당해 끔찍하게 죽거나 온몸이 다 부러진 채로 살기도 해. 너무 아픈 고통을 느낀다고! 엄마와 아빠를 잃을 생각을 하면 정말 슬퍼.

또한 환경 파괴 및 무분별한 도로 개발로 인해 우리가 살 수 있는 환경이 점점 줄어들게 되었어. 도로를 만들기 위해서는 우리의 서식지인 산을 깎아야 하거든. 서식지가 없는 바람에 번식 환경도 좋지 않아 자연적인 번식은 기대하기도 힘든 실정이지.

가끔은 우리가 산에서 길을 잃어버려 사람들이 만든 도로로 내려오는 경우가 있어. 그때 로드킬을 당해 죽음을 맞이하는 끔찍한 일도 있지. 자동차에 피범벅이 되어 있고 심지어 우리 가죽도 묻어 있다고. 그때 우리는 피부가 타는 듯한 고통과 더불어 머리가 찢겨 나가는 경험을 하게 돼.

이런 고통 속에서 벗어날 수 있게 도와줄 수 있겠니? 우리는 아무 이유 없이 사람들이 사는 곳에 내려오지 않아. 그러니 우리가 내려온다고 해도 위협은 하지 말아줘. 사람들이 쏜 공포탄에 맞으면 자칫 죽는 경우도 있으니까. 그냥 자연에 다시 잘 돌아갈 수 있도록 우리를 안내해 줬으면 좋겠어.

또한 화석 연료 사용을 줄여 대기 오염을 줄여주고, 전기 차 사용을 확대하여 자동차에서 나오는 매연을 줄여줘. 우리가 사는 산속 공기가 좀 더 정화될 수 있을 거야. 자연 파괴를 최소화하면 우리 서식지도 점점 늘어날 테고 우리의 개체수도 조금씩 늘어날 거야.

이 정도면 충분할 것 같아. 잘 지켜주길 부탁해. 그럼 안녕!